물

만
난

물
고
기

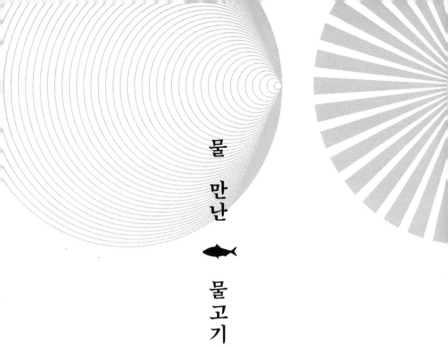

물 만난 물고기

이 찬 혁 — 소 설

수카

우리가 노래하듯이

우리가 말하듯이

우리가 헤엄치듯이 살길

차례

귓가에 넘치는 바다

눈을 감고 느낀다

난 자리에 가만히 앉아

항해하는 법을 알아

뱃노래 뱃노래

외로움을 던지는 노래

몇 고개 몇 고개의

파도를 넘어야 하나

소금기 머금은 바람

입술 겉을 적신다

난 손발이 모두 묶여도

자유하는 법을 알아

뱃노래 뱃노래

외로움을 던지는 노래

몇 고개 몇 고개의

파도를 넘어야 하나

항해

선홍빛 구름으로 물든 가을 하늘의 절경. 해가 뉘엿뉘엿 저무는 순간을 가장 가까이서, 가장 마지막까지 지켜보는 관객이 저 구름들이다. 하루의 끝에서 과연 해는 어떤 표정을 짓고 있을까. 세상에 빛을 내리쬐는 준엄하고 고된 일과를 마친 후 누구보다 지친 기색을 하고 있을까. 그것의 퇴근길 뒤로는 거대한 그림자만이 고독의 안쓰러움을 알아주듯 한 발치 멀리서 새까만 이불을 들고 따라갔다. 오랫동안 보고 있자니 바다 너머로 저 혼자 뛰어든 해의 영문 모를 죽음을 애도하는 영결식 같기도 했다. 저녁 6시 27분. 나는 넋이 나간 사람처럼 가만히 모든 것을 바라보았다.

이 모든 풍경은 광활한 바다를 마주 보고 있는 녹색 창가에서 시작된다. 굴뚝이 초라하게 솟은 작은 벽돌집 2층에 달려 있는 창. 난 그 창과 꼭 붙어 자리 잡고 있는 침대에 누워 마저 남은 해의 끄트머리를 구경하고 있었다. 굳이 짚어 말하자면 특정한 것을 구경했다기보다 나의 동공이 그곳을 향해 있었다는 표현이 가깝겠다. 스스로 그것을 깨달았을 때 눈의 초점이 울렁거리며 창가에 아지랑이를 피웠다. 단순히 잠이 덜 깬 탓이다.

노을의 공연이 끝나면 초점은 창문에 비친 나의 얼굴로 이동한다. 삐쭉 튀어나온 오른쪽 머리카락 뭉텅이를 쓰다듬었다. 머리카락이어도 꼴에 '나'인 것은 변함이 없는지 억센 고집 부리며 다시 제자리로 돌아갔다. 다음으로 나의 갈색 눈동자가 창문에 비쳤다. 갈색 눈동자 안에 다시 갈색 눈동자. 그리고 그 눈동자 안의 눈동자를 보기 위해 노력하는 또 다른 눈동자. 그 끝을 확인할 작정으로 동공이 전부 드러나도록 눈을 크게 떴다. 공작의 날개마냥 펼쳐진 수많은 눈동자들이 "오늘 유난히 기운꼴이 나지 않는다는 사실을 그냥 인정하자"라고 말하는 것 같았다. 그제야 눈알의 힘을 풀었다.

베개에 얼굴을 파묻었다. 막상 기다려온 오늘이 되니 모든 게 하기 싫은 것이다. 맹세코 이런 마음이 들 줄은 몰랐다. 베개에 코가 묻혀 숨이 막혔다. 그래, 차라리 이런 종류의 느낌이 날 더 편하게 만들었다. 숨이 막히는 것을 그대로 두어 정신을 잃어도 좋을 것 같았다. 눈물샘 깊은 곳에서 무언가 솟구치려는 것이 느껴지자마자 나는 감정을 다잡았다. 질식에 대한 두려움이 아니다. 나는 꽤 자주 뜬금없는 상황에서 그녀가 생각났고 슬픔 한 방울 없이 순수한 눈물이 나려 했다. 머리를 들자마자 얼굴 주변에서 초조히 기다리던 공기들이 생명을 공급하기 위해 마구잡이로 내 안에 들어왔다. 그 덕에 난 살아 있어야만 느낄 수 있는 생명의 풍미를 순식간에 음미했다. 다행히 정신이 번뜩 들었다. 이제 나를 완전히 파묻어버리고 있었던 침대를 빠져나가야 한다. 이 침대는 몇 년 전 특별한 여행을 떠났을 때 머문 호텔을 오마주한 것이다. 새 하얀 시트와 푹신한 베개에서 눈을 뜨면 매일 여행을 다니는 것 같은 느낌이 들었다.

나는 숨을 한 번 크게 들이마시고 그대로 참았다. 여느 때처럼 오늘의 테마를 결정하면 그때 도로 내뱉을 생각이다. 눈동자가 천장을 이리저리 휘젓다가 옷장 옆에 놓인 턴테이블에서 멈추었다. 그 위로는 LP판이 진열된 나무 선반이 있다. 몇 발자국 떨어진 침대 쪽에서 LP판에 쓰인 글씨를 읽으려 했지만 잘 되지가 않았다. 얼마 전까지만 해도 저들 중 가장 큰 글씨를 읽었던 것 같은데 몇 달 사이에 시력이 매우 나빠진 것을 느꼈다. 아무래도 밤낮이 바뀐 탓이다. 어둠 속에서 독서를 하거나 TV를 시청하는 게 영향을 주었을 것이다.

TV를 즐겨 보는 건 아니지만, 방금처럼 노을의 공연이 끝나고 나면 나는 시선을 올려둘 수 있는 다른 매체가 필요했다. 마치 LP를 선반에 올려둔 형태처럼 말이다. 꼭 이것이 시력 저하의 원인이 아니더라도 근래 몸이 쉽게 피곤해지며 병들어가는 것을 느꼈다.

이해할지 모르겠지만 어느 순간부터 나는 그 느낌이 이상하게 맘에 들었다. 견뎌낼 수 있을 만큼의 아픔. 적당히 외롭고 무기력한 기분이 오히려 나를 살아가게 만드는 것이다. 그러나 앞으로는 이 거리에서 선반에 있는 글씨를 읽을 수 없다는 사실에 큰 안타까움을 느꼈다. 나는 이제 그들을 색깔로 구별하기로 했다. 과연 하얀 LP들 사이에서 빨간색 하나가 압도적으로 눈에 띄었다. 오히려 잘된 것일 수도 있다. 오늘 같은 날에 어울리는 선택이다. 이것이 내 하루를 완벽하게 해줄 것 같은 확신이 들었다. 힘겹게 몸을 일으켰다.

"후우우."

아랫입술이 살짝 더 튀어나오면서 눈썹을 덮은 앞머리가 바람에 흩날렸다. 검지와 중지로 번갈아가면서 선반에 꽂힌 LP판 위를 걸었다. 약속했던 붉은 장소에 도달했을 때 손가락이 걸음을 멈추었다. 가볍게 꺼내든 LP의 표지 위에 피아노를 치는 여인의 모습이 그려져 있었다. 조심스럽게 LP판을 턴테이블에 끼우고 톤암을 올렸다. 위로 날아오르는 바이올린 선율. 아래로 깔리는 중저음의 그랜 드 피아노.

클래식. 모든 종류의 음악이란 참 신비한 게 재생되는 순간부터 그 공간의 흐름을 바꾸어버린다. 달과 밤을 짙 은 남색 물감으로 흩뿌려 표현해놓은 미술작품이 조금 전 녹색 창가가 차지하던 공간을 대체했다. 이런 마법 같 은 일이 벌어지면 나는 그 작품에 이름을 붙인다. 저 작품 은 '공연이 끝난 후' 정도가 되겠다. 우아한 테마가 방 안 을 채워나가는 것이 마치 차가운 공기가 위에서 아래로 가라앉는 것과 비슷했다.

천장에는 거대한 샹들리에가 걸렸다. 백마의 갈기처럼 얼룩덜룩한 벽지가 2층에 온통 도배되었다. 방에서만 벌 어지는 계절의 변화는 어서 내가 이 음악을 먹고 그들과 어울리는 하나의 작품으로 융화되기를 재촉하는 것 같았 다. 나는 쇄골까지 흘러내리는 흰색 얇은 티셔츠 위에 벨 벳 재질의 재킷을 걸쳐 입었다. 바지는 통이 너르고 편한 코튼 팬츠. 입고 잔 그것이었다. 얇은 전신거울을 보며 그 럭저럭 음악과 잘 어울리는 우아한 사람처럼 보인다고 생각했다.

저녁 7시 13분. 문에 걸려 있는 문패를 뒤집어 벽돌집 1층의 카페가 오픈했음을 알렸다.

"너무한 거 아니에요?"

동시에 벤치에서 소리가 들려왔다. 벤치가 카페에서 멀리 떨어져 있는 건 아니었지만 근처에 가로등 같은 것이 없었기 때문에 누구인지 단번에 알아보기가 힘들었다. 그러나 늘 카페가 오픈할 때부터 찾아오는 이 손님이 누군지 나는 알고 있다. 그녀는 어둡고 다듬어지지 않은 길을 조심스럽게 걸어오면서 투정을 부렸다.

"어떻게 매번 기다리는 걸 알면서 또 기다리게 할 생각을 해요?"

벽돌집에서 흘러나오는 실내조명이 갈색 머리의 여인이 가까워지는 것을 비추었다. 양이 씨는 동그란 눈을 더 동그랗게 뜨며 따져 물었다. 그녀가 입은 옷은 날씨에 비해 살짝 과해 보였다.

"벌써 코트를 입나요?"

"어제는 생각보다 추웠으니까요! 그보다 정말 너무한

거 알죠? 오늘은 조금 다른 모습을 보여줄 거라고 생각했
어요. 아무것도 신경 쓰지 않는군요, 당신은!"

"들어와요."

나는 그녀의 코트를 받아 들고 장대 옷걸이에 걸었다.
내부에는 잔잔한 클래식 음악이 부드러운 날갯짓과 같은
포근함을 한껏 뿜어내고 있었다. 2층에서 돌고 있는 턴테
이블의 음악이 계단과 난간을 타고 1층의 공간까지 충분
히 채워주었다.

카페의 양쪽 벽면에는 그림들이 걸려 있다. 그중 가장
아끼는 그림은 질감이 거친 아르슈지 위에 그려진 그림
이다. 파란 계열의 물감이 마구 뒤엉켜 있었지만 서로를
뽐내지 않는 것이, 사람이 닿을 수 없는 먼 바다의 한가운
데를 들여다보는 것 같았다. 푸른색 그 자체 외에 아무것
도 느낄 수 없는 것은 나를 공허하고 외로운 생각에 빠져
들도록 만들었다. 이 그림은 공간의 상징이자 어떠한 음
악을 틀어도 그 자리 그대로 걸려 있는 작품이다. 대체로
는 그날 테마에 맞게 고른 음악에 따라 많은 게 변한다.
좋은 예시가 바로 반대편 벽면에 걸린 작품이다. 검은 바

탕에 금색 물감으로 그린 선의 굴절. 마치 반딧불의 움직임을 연속적으로 표현한 것처럼 보였다. 녹색 액자에 담겨 있는 것으로 보아 이 역시 클래식 음악이 흘러나오기 전에는 이름이 '녹색 창가' 정도 되었을 것이다. 나는 이 작품에 '끝없는 밤'이라고 이름 붙였다.

"오늘도 클래식이네요."

양이 씨는 약간 땀을 흘렸는지 입고 있던 티의 목 둘레를 살짝 늘어뜨리며 의자에 앉았다. 테이블에는 미리 드립해둔 커피에 얼음 서너 개가 둥둥 떠다니고 있었다. 그녀는 그래도 본인이 오는 걸 준비해두었다는 사실에 한결 좋아진 표정을 지었다.

"저는 반딧불 그림이 정말 맘에 들어요. 저 그림 때문에라도 클래식 음악을 계속 틀어주면 좋겠네요."

"맘에 든다니 다행이에요."

그녀가 '끝없는 밤'에서 눈을 떼지 못하고 커피를 한 모금 마시다가 갑자기 생각이 난 듯 소리쳤다.

"아! 하지만 역시 작년 겨울이 최고였죠! 과연 캐럴 같은 음악이 나올까 해서 잔뜩 기대하고 달려왔는데 정말

기괴한 음악이 나오고 있었잖아요. 당신은 거기에 맞춰 춤을 추었고요. 한참을 구경하다가 폭소를 터뜨리기 전까지 내가 온지도 몰랐던 거 기억나요?"

이윽고 그녀에게서 터져 나온 폭소가 그때의 것과 비슷했다.

"그건 '힙합'이었어요, 양이 씨."

"알죠! 굉장히 뭐랄까…… 당신답지 않았어요! 하하."

나답지 않다는 게 뭔지는 모르겠지만, 그때의 상황을 충분히 설명해줄 수는 있다. 나에게 그건 일종의 일탈이었다. 나뿐 아니라 떠올리고 싶지 않은 기억이 있는 사람이라면 누구든 그렇게 할 것이다. 최대한 그 기억과 멀어지기 위해 나답지 않은 행동들을 일부러 찾아서 하는 것이다. 당시에 나는 그럴 수밖에 없었다. 지금은 모르는 척 말하는 양이 씨도 사실 그때의 상황을 잘 알고 있었다. 그날은 여태 떠올렸던 것 중 가장 어둡고 슬픈 악상이 바리캉으로 머리카락을 온통 밀어내는 것처럼 날 지배했으니까.

"아무튼 이제 다 괜찮아 보여서 하는 말인걸요."

그녀의 조심스러운 시선이 느껴져 난 눈썹을 들어올리며 쓸쓸한 미소를 건넸다. 그토록 염원했던 "괜찮아 보인다"라는 말이 막상 좋지만은 않았던 것이다.

"괜찮아진 게 아니고……."

양이 씨는 그때 나의 증상을 단지 이별의 후유증일 것이라고 말했다.

"항상 괜찮았어요, 나는."

"이봐요, 울지 않는다고 괜찮은 게 아니었다고요."

"맞아요. 아팠어요. 아팠지만 좋은 아픔이었어요. 슬픔이라는 감정이 사람을 얼마나 처절하고 아프게 하던지요. 하지만 절망적이지는 않았죠. 이별이라고 했죠? 난 그저 그걸 배운 거예요."

나는 차분하게 말했다. 그녀는 다 마신 커피를 입에 가져다 대고 녹은 얼음물로 목을 축이는 의미 없는 행동을 했다. 전에도 그녀의 걱정에 똑같은 대답을 한 적이 있기 때문일 것이다.

"생각났어요. 미안해요."

"전혀요."

　나는 바람을 쐬기 위해서 잠시 밖으로 나왔다. 말은 그렇게 했지만 심장이 다시 찌릿찌릿하고 답답해져 오는 게 역시 그 순간의 여운이 아직 남아 있었다.

　그녀에게 한 말 중 거짓은 하나도 없었다. 죽을 만큼 힘이 들었던 것도 사실이다. 양이 씨에게는 그게 괜찮지 않아 보였던 것 같다. 난 내가 죽더라도 그게 괜찮지 않은 것이라 생각한 적은 한 번도 없었다. 입 안에 아릿한 피 맛이 감돌았다. 그제야 아랫입술을 강하게 깨물고 있었다는 것을 깨달았다. 차가운 바람에 입술을 물들이는 피의 온도가 실제보다 더 따뜻하게 느껴졌다. 나는 금세 추위를 느꼈다. 지금 차림으로도 충분할 거라 생각했던 것보다 바람이 훨씬 찼던 것이다. 매일 카페의 오픈을 기다리며 추위와 고생을 샀을 양이 씨에게 미안한 감정이 들었다.

　다시 카페 안으로 들어가자 버터 향이 진득하게 퍼졌다. 클래식과 잘 어울리는 냄새였다.

　"토스트 하고 있어요. 아침 먹을 시간이잖아요."

　작은 오픈 주방에서 그녀가 말했다.

"저녁 8시가 다 되어가는데요?"

"선이 씨에게는 아침밥이죠!"

양이 씨는 끼니를 잘 거르는 나를 위해 가끔 토스트를 만들어주었다. 그녀의 친절은 나를 무안하게 만들면서 그녀에게 무뚝뚝하게 행동한 것을 후회하게 했다.

"역시 최고네요, 토스트."

"고마워요."

그녀에게 한 입을 권하자 그녀는 배가 고프지 않다는 듯 배를 톡톡 쳐 보였다. 난 양이 씨를 바라보며 다시 토스트를 한 입 베어 물었다. 버터와 잼이 혀에 녹아드는 맛이 새삼 평안을 느끼게 했다. 나는 눈을 감고 그것을 음미했다.

"있잖아요, 다음에는 양이 씨의 토스트에 대한 노래도 하나 만들려고 해요. 사실 진작 만들었어야 했죠."

그녀가 콧방귀를 뀌었다. 나는 그 행동에 반박했다.

"아니요, 지금도 만들 수 있겠어요. 봐줄래요?"

나는 목구멍으로 쉽게 내려가지 않는 나머지 조각들을 급하게 삼키고 목소리를 가다듬었다. 그리고 양이 씨의 의심 어린 눈빛에도 작은 목소리로 노래를 시작했다.

　복잡한 생각들이 폭삭 가라앉아
　치즈 위로 떨어지네

　양이 씨는 첫 소절에서 흡족하게 웃었다. 그녀가 의자
를 한껏 젖힌 탓에 테이블 밑에 그녀의 무릎이 쿵 하고
부딪혔다.

　어디서 난 걸까, 그대여
　이 근처에 양배추는 안 파는데

　"아, 그건 소소하게 직접 키워요. 유기농이죠."
　"재밌는 취미네요. 계속해요?"
　"네, 해줘요."
　나는 일어나 몇 발자국 옆에 놓인 기타를 가져왔다. 토
스트는 두 입 정도 남겨둔 상태로 테이블 위에 두었다.

⌂ ⌂ ◎ ◆ ✕ ⊏⊐ ∥ ∩ ∧ ◇ ◇ ∨ ⊠

과연 어찌나 비밀인지, 그녀의 레시피

허나 오늘 한 가지 알았네!

비법은 바로 유기농 양배추

"아뇨! 비법은 소스죠. 당연히 그건 알려줄 수 없어요."

올겨울은 빨리 오려나 봐

어서 내게도 빵을 덮어줘

　노래를 부르고 나서 먹는 약간 식은 토스트는 여전히
맛있었지만 평소와 다른 비릿한 양념이 느껴졌다. 나는
뭔가 다른 것을 감지하고 천천히 씹었다.

　"오늘 레시피에는 조금 다른 걸 썼나 보죠?"

　"맙소사, 선이 씨 피나요."

　그녀는 내 입술을 바라보며 급하게 닦을 것을 찾았다.
나는 조금 전 밖에서 피가 났던 것을 떠올렸다. 그녀가 주
머니에서 손수건을 꺼내 내 입에 가져다 대었다.

　"얼마나 세게 물었으면 입술이 이만큼 찢어져요? 아니

면 비타민 부족이에요?"

손수건을 든 그녀의 손에서 토스트보다 더 토스트 같은 포근한 향이 올라왔다. 향수 같은 인위적인 것이 아니었다. 오랜만에 느끼는 따뜻함이 당황스러울 만큼 편안했다. 그것이 입술에서 나오는 피의 온도 때문인지 뭔지는 알 수 없었다. 자연스럽게 스며드는 감정의 여유. 나는 눈을 감았다. 찬바람을 맞고 뜨거운 욕조 속으로 들어갈 때처럼 몸이 노곤해지면서 금방 쓰러질 것 같았다. 고통 없이 죽는다는 게 이런 느낌일까.

"기절할 것 같아요."

"장난치지 마요."

"정말로요. 과다 출혈인가?"

양이 씨가 코웃음을 치고 나도 웃었다. 덕분에 아무것도 하고 싶지 않았던 조금 전의 생각을 다시 고쳐먹을 수 있었다. 이렇게까지 정상적인 일상으로 돌아왔다는 것 자체가 나에게는 기적과 같았기 때문이다. 낮과 밤이 바뀌어버리긴 했어도 수면의 패턴이 일정해지고 있다는 것. 다시 평범한 일상을 살아갈 수 있을 것 같다는 기분이 드는 것. 이따금 속이 쓰리고 기절할 것같이 피곤해지는 증상은 죽음이라는 잔인하고 거대한 단어 앞에서 아주 괜찮은 정도로 쳐줘야만 했다.

Freedom

옷 없이 걷고 싶어, 아무 상관 없이 시선

부끄러운지도 모르는 어릴 때로 돌아가서

　　　　　　　해야가 창밖을 보며 노래하

자 나는 고동색 하드케이스에서 몸통만 한 나무를 꺼내

들었다. 나무는 자신이 태어난 곳의 기운을 머금고 있다

가 빛을 보자 그 향기를 물씬 풍겼다. 이건 호화로운 호텔

방 안에 숲을 만드는 방법이다. 고동색 하드케이스 옆에

는 자물쇠도 풀지 않은 캐리어가 순위에 밀려 누워 있었다. 아마 캐리어 안에 있는 잡동사니들도 해야의 음악을 듣고 있다면 살아 움직이고 있을 게 뻔했다. 나의 두 팔에 안겨 있는 신비한 나무는 고작 기타라는 이름으로 불리기엔 더 비범한 일을 해야 할 운명이었다. 마침내 숲이 울창해지고 그 속에서 우리 모두가 조화로워질 때쯤 그녀가 부른 노래의 가사가 귀에 들어왔다.

"잠깐만, 옷을?"

그녀는 민망한 듯 웃음을 터뜨리며 대답했다.

"하고 싶은 거 말해보라면서."

해야와 나는 어떠한 계획도 세우지 않은 상태였다. 다만 모든 일정을 발길 닿는 대로 맡기기로 했다. 체크인까지 마치고 나서야 그녀에게 무엇을 하고 싶은지 물어보았는데 그녀는 가볍게 노래하듯 대답했다. 해야는 자주 그렇게 대답했다.

"말이 그렇다는 거지?"

나의 걱정 섞인 물음에 해야가 나를 잠깐 응시했다. 그 행동의 의미를 알 수 없었다. 그녀는 피곤한 듯이 기지개를 켰다. 그리고 두 팔을 벌린 그대로 침대에 드러누웠다.
침대가 얼마나 푹신한지 해야의 몸통을 반이나 가려지게
만들었다. 그 기분이 좋았는지 침대만큼 새하얀 치아를
보이며 대답했다.

"자유로운 여행인걸."

해야는 갑자기 오기가 생긴 표정으로 목 둘레를 잡아
당겨 어깨를 드러냈다. 그리고 그런 본인의 모습이 우스
운지 웃음을 내뱉었다. 그녀의 웃음은 호텔 방 안에 꽃을
피워내었다. 나는 계속해서 향기로운 나무를 연주했다.
그에 맞추어 해야가 노래를 불렀다.

집 없이 살고 싶어, 온 세계를 누비며
두 눈에 담은 것도 없이 방에 갇혀 있긴 싫어

우리가 머물게 된 곳은 에메랄드빛 바다를 베란다 앞
에 둔 호텔이었다. 사실 나는 화려한 야경이 보이는 객실
을 선호하는 편이었다. 하지만 바다 소리가 가깝고 잘 들
린다는 이유로 해야가 반대편 객실을 원했다. 난 어렵지

않게 그녀의 의견에 동의해주었다. 에메랄드 바다 그 자체로도 환상적인 야경이었기 때문이다. 해야가 특별한 아이디어가 떠올랐을 때처럼 눈을 번뜩이며 소리쳤다.

"선아, 나 얼룩말을 타보는 게 소원이야!"

"얼룩말이 소원이야, 타보는 게 소원이야?"

그녀는 곰곰이 생각을 하다가 비밀 하나를 말해주는 것처럼 조심스레 대답했다.

"사실 거기에 하나 더 추가야. 얼룩말을 타고 횡단보도를 건너보는 게 소원이야."

이런 난해한 소원은 난생처음 들어보는 것이었다. 차라리 별을 따달라는 게 로맨틱하지나 않을까.

"그래. 할 수 있으면 하자, 뭐든."

나의 말에 해야는 연붉은색의 매니큐어를 바르며 고개를 끄덕였다. 그녀는 현실적이면서도 낭만적이었다. 무슨 말이냐 하면, 낭만적이기만 했다면 유니콘을 타러 가자고 했을 것이었다. 다행인 것은 그녀는 항상 비현실적인 것 중에서 가장 현실 가능성이 있는 것을 선택했다. 이번엔 얼룩말이었다. 하지만 요즘 시대에 얼룩말은 승마는커녕 구경하기도 힘든 동물이 아닌가.

"다른 건 막연히 그랬으면 좋겠다는 건데 얼룩말은 정말이야."

해야는 진지했다. 어디까지가 농담인지 조금 헷갈리던 차에 정리가 되었다. 나는 그 자리에서 몰래 인터넷에 접속해 얼룩말에 관한 정보를 찾아보며 물었다. 얼룩말은 거친 성격으로 동물원에서도 관리하기가 상당히 까다롭다는 글이 쓰여 있었다.

"왜 하필 얼룩말인데?"

"얼룩말만큼 예술적인 동물은 없어! 전에 책에서 봤는데 얼룩말은 다른 말들보다 야생성이 뛰어나서 길들이기가 어렵대. 이게 사람들이 보기에 야생성이지, 내 눈에는 자유를 갈망하는 고집으로 보이는걸."

"듣고 보니 그래."

나는 그녀의 말에 동의했다. 그러자 그녀가 말을 이었다.

"나는 그만큼 자유로운 동물이, 자유의 공평한 통제가 이루어지는 횡단보도라는 곳을 완벽히 건넌다면 그만한 작품이 없을 것 같아."

나는 이 말을 이해하고 동의하는 데까지 시간이 걸렸
지만 결국엔 멋진 상상력인 것 같아 고개를 끄덕였다.

"시각적으로도 말이야?"

"그래!"

해야는 나의 동의를 얻어낸 것에 기뻐했다. 나는 즉흥
적으로 그녀의 소원에 노래를 붙였다. 재미있는 소원에는
늘 재미있는 멜로디가 붙었다.

얼룩말을 타고 달려, 횡단보도 건너 Hands up
물 웅덩이 위로 굴러, 담벼락을 넘어 Jump up

매니큐어 바르는 것을 마친 해야는 옷을 갈아입기 위
해 캐리어를 집어 들었다. 그리고 그 앙상하고 아름다운
손가락으로 숫자를 돌리는 형태의 자물쇠를 만지작거렸
다. 나는 그녀의 앉은 모습을 가만히 보았다. 해야의 새까
만 머리카락이 어깨를 스치며 커튼처럼 얼굴을 가렸다
드러내기를 반복했다. 나는 마치 일광욕을 하는 것처럼
커튼 사이로 드리우는 그녀의 햇살을 멍한 표정으로 받

아내었다. 그녀는 자물쇠를 풀고 나풀거리는 보라색 원피스를 꺼냈다. 그녀의 하루를 만들어줄 테마의 색깔이었다. 해야가 웃옷을 훌렁 벗었고 타이트한 흰색 캐미솔이 무방비하게 모습을 드러냈다. 나는 그녀가 편하게 옷을 갈아입을 수 있도록 객실 밖으로 나왔다.

해야가 있는 공간을 벗어나자 풀 냄새 하나 없는 영락없는 고급 호텔이었다. 잔잔한 음악 그리고 금빛 거울들. 우리의 방 안에서 완성된 숲은 환각이었나 싶을 정도로 이질적인 분위기를 풍겼다. 복도 끝 쪽에선 가족 단위의 무리가 서성이고 있었다. 나는 스스로 너무 들떠 있음을 느끼고 옷매무새를 추슬렀다. 나만 알고 있는 세상을 티내고 싶어서 안달 난 사람처럼 보이고 싶지는 않았다. 수상해 보이지 않도록 최선을 다해야 했다. 하지만 보라색 원피스를 입고 나올 해야를 상상하는 건 어떻게 해도 가슴을 뛰게 만드는 일이었다.

우거진 나무를 따라 쭉 뻗은 도로. 햇볕이 쨍쨍하지만 기온은 낮고 기분 좋게 부는 바람. 새하얀 겨울이 로망인

이들의 편견을 단번에 꺾어줄 만큼 기가 막힌 날씨였다. 한창 바쁠 시즌인 것치고 여유로워 보이는 건물들은 손님을 구걸하는 추태를 보이지도, 한가로이 시간만 죽이며 지루해하고 있지도 않았다. 그들 모두가 연말 연휴를 즐길 준비를 이미 끝내고 약속된 하나의 밤을 숨죽여 기다리고 있는 것처럼 보였다.

나는 가속 페달을 세게 밟아 속도를 냈다. 보조석에 앉은 해야는 창문을 열고 입을 살짝 벌려 바람을 정면으로 맞고 있었다. 라디오에서 나오는 노래가 달리는 차 안을 가득 울렸다. 베이스가 유난스러운 스피커를 가진 자동차였다. 해야의 검은색 머리카락도 음악과 함께 흩날렸다.

"이런 건 지금 우리한테 필요 없잖아."

그녀는 급기야 안전벨트를 풀었다. 차에서 일정한 경고음이 울렸다. 나는 한 손으로 핸들을 잡고 다른 한 손으로는 벨트의 클립을 잡아 그녀의 등 뒤쪽으로 꽂아주었다. 그러자 경고음이 멈추었다.

"자유를 만끽하러 떠나왔는데 고작 벨트 때문에 숨을 못 쉴 지경이었어, 후!"

⌂ ⌣ ◎ ◆ ✗ 〔 〕 ∥ ∩ ∧ ◇ ∨ ⧈

그녀는 까르르 웃었다. 그러고는 신이 난 듯 노래를 따라 부르며 창밖으로 손을 뻗어 지휘를 했다. 그녀의 손짓을 따라 온 세상이 노래했다. 나 또한 따라서 흥얼거렸다. 그녀의 웃음은 들판조차 웃게 만들었다. 그러니 내가 웃지 않을 수 없었다.

10분이 채 지나지 않아 해야는 쥐 죽은 듯 조용해졌다. 나는 노래의 볼륨을 낮추고 그녀를 힐끔 쳐다보았다. 그녀는 몸을 낮추고 나의 안전벨트를 풀 기회를 노리고 있었다.

"어어, 위험해!"

"왜!"

해야는 벌떡 몸을 세우며 화가 난 표정과 몸짓을 만들었다. 내가 사랑스러워하는 그녀 특유의 행동 중 하나였다. 나는 바보 같은 웃음이 터지려는 걸 억지로 참으며 말했다.

"운전 중이잖아. 위험해."

나는 몸을 비틀어 그녀의 볼에 가벼운 입맞춤을 했다. 그녀는 뾰로통하게 그 키스를 받아들였다.

멋들어지게 굽이진 커브 길을 지나면서 스쿠터를 빌려도 좋았겠다고 생각했다. 해야가 스쿠터를 운전하는 나의 등 뒤에 매달려 환호하는 모습이 자꾸만 상상되었기 때문이다. 현란한 핸들링으로 커브 길을 벗어나자 해야가 먼저 탄성을 내질렀다. 차창 너머로 펼쳐진 광활한 갈색 평야를 눈앞에 두고 그녀뿐만 아니라 나도 입을 벌렸다.

"와!"

우리는 그곳에 차를 세웠다. 해야는 금방 차에서 내려 차가운 공기를 온몸으로 마셨다. 자유와 평화가 누군가에게 가공되지 않은 날것 그대로 이리저리 날아다니다가 그녀의 품에 안겼다. 해야는 그것을 부둥켜안고 한참을 부르르 떨었다. 나는 혹여 그녀가 추울까 봐 뒤에서 그녀의 어깨에 점퍼를 걸쳐주며 꼭 껴안았다. 깊은 생각에 빠져 있는 그녀의 순간을 방해하지 않고 싶었다. 우린 그렇게 그대로 몇 분을 서 있었다.

"사람들은 수많은 자유 속에서 그것을 느끼지 못하는 것 같아."

"익숙해져서 그런 거야."

"너도 그래?"

"나도 눈치채지 못하는 사이에 익숙해진 것들이 있겠지."

"누구나 이곳에 찾아와서 이 갈대밭을 볼 수 있었으면 좋겠어!"

해야는 짧은 시간 동안 무슨 생각을 했던 것일까. 축축한 풀들의 신음 소리나 오래전 이 땅에서 뛰어놀았던 꼬맹이를 떠올렸을 것이다.

갈대밭은 마치 황금빛 눈밭 같았다. 눈이 두껍게 쌓일 때까지 어떤 자취와 발자국도 새겨지지 않은 눈밭. 다만 새하얀 눈이 아닌 황금빛 갈대로 가득했는데 그 정갈한 정도가 흔적을 남기기 망설여질 정도였다. 그러나 해야는 이미 뛰어 들어가 갈대를 헤집으며 환호성을 지르고 있었다. 뒤에서 바라보면 큰 도화지에 그림을 그리는 것처럼 보였다. 그녀의 모습을 보니 발이 근질거리기 시작했다. 어쩌면 이건 그녀와 함께 만드는 또 하나의 작품이었다. 나는 참지 못하고 해야가 뛰어 들어가 움푹 파인 그 길로 곧장 따라 들어갔다. 그녀는 빙글빙글 뛰며 아이처럼 웃고 있었다. 나는 걷잡을 수 없는 속도를 내다가 해야를 잡고 중심을 잃으며 넘어졌다. 우린 거대한 밭의 한가운데 파묻혀 대자로 고쳐 누웠다. 차가운 공기가 폐 속으로 깊숙이 들어오면서 마음이 탁 트이는 것 같았다. 나는 행복에 젖어 외쳤다.

"누군가의 사유지가 된다면 다신 이곳에 오지 못할 거야. 아까 꼬부랑 길가로 들어서는 쪽에 매표소가 생기겠지? 우린 지금 당장 이 자유를 즐겨야 해."

"안 돼! 누군가 여기를 구입하는 게 가능하다면 그때 난 공기를 사버리겠어. 그럼 한 달 치 공기 값을 미리 나에게 지불해야 할 거야."

상상만으로도 화가 난다는 듯한 그녀의 말이 귀여워 나는 결국 바보 같은 웃음을 터뜨렸다.

"공기를 사는 게 가능해?"

"왜! 저 들판도, 저 산도, 누군가가 사기 전에는 모두의 것이었을 거야. 노래하는 것도 돈이 들지 않는 건데 누군가는 노래방을 만들어서 돈을 받잖아. 그거랑 똑같지."

해야는 잠시 생각을 했다. 본인이 생각해도 공기를 사

고판다는 것은 조금 무리가 있는 상상임이 분명했다.

"아니면, 내 얼굴을 보기만 해도 돈을 내게 할 거야."

"음, 그건 그만한 가치가 있지."

그녀는 내 대답이 나쁘지 않았는지 입꼬리를 씰룩였다.

"공짜일 때 많이 봐두어야겠다."

나는 그녀의 정면으로 가 얼굴을 빤히 쳐다보았다. 그녀는 부끄러운 듯 피했다가 다시 나와 눈을 마주쳤다. 이번엔 내가 그녀의 시선을 피했다. 해야의 눈을 보고 있으면 나의 모든 감정을 들킨 것같이 떨려왔다. 그녀는 나의 얼어붙은 뺨을 살짝 매만졌다. 나는 내 볼에 닿은 그녀가 더 차갑다는 걸 깨닫고 반대로 해야의 손을 감싸 잡았다. 이 순간이 우리의 마지막이라면. 이 갈대밭이 우리의 마지막 자유라면. 더는 시간을 지체할 수 없었다. 나는 벌떡 일어섰다. 그리고 웃옷과 바지를 벗어 던졌다. 해야는 이상한 나의 행동을 보며 깔깔대며 웃었다. 나는 벌거벗은 채로 정갈한 갈대밭에 미친 사람처럼 도약했다. 지금부터 그려질 갈색 도화지 위의 작품은 오직 해야를 위한 것이었다. 그녀의 노래처럼 진정한 자유 앞에서 부끄러운 감정이나 남들의 시선 따위는 제한되지 않는 것이다. 옷 따위는 이 순간 자유를 향해 내딛는 나의 몸짓을 방해할 뿐이었다. 세상이 정해놓은 법과 선에 구애받지 않고, 과거와 미래에 대한 생각에도 얽매이지 않고 그녀와 단둘이 있는 지금이 과연 행복의 절정이었다. 어떠한 값비싼 대가를 지불해야 한다고 해도 난 기필코 그것을 모두 지불해내고 나의 자유인 그녀와 함께할 것이라고 다짐했다.

길 없이 걷고 싶어, 잠자리를 따라서
나의 발자국이 그곳에 처음 찍히도록
돈 없이 살고 싶어, 온 세상을 가지며
시대를 맞이하기 위해 두 손을 비우고 싶어

숨 쉬는 것 Freedom
날 보는 것 Freedom
날 사랑하는 것 Free, 알아가는 것 Freedom
노래하는 것 Freedom
춤추는 것 Freedom

⌂ ⌂ ◎ ♦ ✕ 〔 〕 ∥ ∩ ∧ ◇ ◇ ∨ ⊞

내 편이 되는 것 Free, Anti also free

꿈꾸는 것 Freedom

푹 자는 것 Freedom

기부하는 것 Free, 안 하는 것 Freedom

투표하는 것 Freedom

표현하는 것 Freedom

내 편이 되는 것 Free, Anti also free

▽

▽

▽　　　　　　달

▽

▽

▽

▽

▽

▽

▽

▽

▽

▽

▽

바닥에는 끄트머리가 안쪽으로 말려들어 간 양말, 널브러진 옷가지들. 객실 문이 자동으로 잠기는 게 다행이었다. 지나가다 누가 엿보았으면 대낮부터 술을 진탕 먹고 뻗은 사람인 줄 알 행색이었다. 침대에 반만 걸쳐 엎드려 잠든 내 포즈가 그랬다. 오랜만에 찬 바람을 맞으며 뛰어놀았던 게 피곤했던 모양이다. 눈을 뜬 시간은 오후 5시쯤. 한 시간 누워 있던 것치고 대단히 개운했다. 과하리만치 푹신한 침대가 구름 위에 기댄 것처럼 편안했다.

간단하게 세수를 하고 나오는데 베란다에서 희미하게 노랫소리가 들려왔다. TV를 틀어 묻어버리기에는 굉장히 매혹적인 해야의 목소리였다. 그것은 커튼을 비집고 바람처럼 새어 들어왔다. 나는 이끌리듯 베란다 쪽으로 걸어갔다. 커튼 뒤에서 숨을 죽이고 듣는 그녀의 목소리는 평소보다 더 가냘프고 슬펐다. 그 목소리만으로 심장이 두근거릴 정도였다. 나는 베란다의 문을 조심스럽게 열었다. 그녀는 흰색 창살이 달린 베란다에서 에메랄드빛 바다를 쳐다보고 있었다. 나는 두꺼운 스웨터 따위를 입고서도 추워서 입김이 한가득 뿜어져 나오는 걸 막을 수 없었다. 겨울바람이 이렇게 차가운데 그녀의 차림은 여전히 원피스 하나 걸친 게 전부였다. 보라색 원피스의 끝자락과 그녀의 가벼운 머리카락이 한 쌍을 이루어 흩날리는 모습은 어딘가 신비로웠다. 해야는 마치 작은 철창에 갇힌 카나리아처럼 오랜 외로움에 방치된 것 같았다. 그녀가 노래를 마치자 바람도 불지 않았다. 갑자기 찾아온 적막 때문에 나는 숨을 아예 쉬지 않아야 할 지경이 되었다. 갑자기 여기서 작은 소리라도 낸다면 마치 그녀를 몰래 훔쳐본 것마냥 취급될 분위기였다.

"안녕."

고요한 적막 위로 해야가 바다를 향해 인사를 건넸다. 난 그 신비한 행동을 뒤에서 지켜보고 있었다. 그녀의 비밀스러운 부름에 바다가 조용히 고개를 들어 대답하는 걸 목격할 것만 같았다. 중대한 순간이었다. 그때 그녀가 몸을 돌려 나를 바라보았다.

"잘 잤어?"

그녀의 머리카락과 같이 까맣고 깊은 눈동자와 마주쳤다. 바다가 아닌 나에게 건네는 인사였다. 언제부터 내가 여기 있다는 것을 안 것일까. 별일이 아닌데도 혹시 내가 해야를 보며 첫 만남 때처럼 두근거렸다는 것을 들켰을까 봐 몹시 당황스러웠다. 하지만 베란다 문에 능숙하게 기대며 그렇지 않은 척했다.

"응. 뭐 하고 있었어?"

그녀는 대답 대신 다시 고개를 돌려 하늘을 바라보았다. 구름 한 점 없는 하늘, 쨍하고 둥그런 얼굴을 가진 오후 5시의 주인공은 자신이 가장 돋보이는 시간을 알고는 마지막 빛을 쏟아내며 에메랄드빛 바다 위로 걸터앉았다. 만약 영감을 찾아 떠난 화가가 이 호텔에 머문다면 지금 이 석양의 순간이 그에게 선물이 될 것이었다. 나는 해야 와 이 장관을 함께 보았다. 단 한 마디의 대화도 필요하지 않았다. 정열적인 황혼이 에메랄드빛 바다와 포개지는 순간, 그 장면보다 더 아름다운 언어를 찾을 수 없었다.

나는 그녀와 바다에 대한 대화를 나누었던 일을 떠올렸다. 내 뚜렷한 기억에 의하면 우리가 대화한 장소에는 오직 하나의 별만 반짝이고 있었다. 드넓은 하늘에 홀로 떠 있지만 달보다 밝은 별이었다. 우린 그 장소에 '작은 별'이라는 이름을 붙였다.

"선아, 만약에 음악이 없으면 어떨 것 같아?"

그녀의 질문은 우리가 '작은 별'에 도착하고 나서 한참 뒤에 나눈 첫 대화였다. 나는 그녀의 무릎을 베고 누워 가만히 별 하나를 보고 있었다. 이렇게 아무 말 없이 있는 것도 형용할 수 없을 만큼 행복하다고 느꼈다.

"그럼 난 터벅터벅 걸었을걸?"

"터벅터벅?"

해야가 흥미가 번진 얼굴로 나를 바라보았다.

"응. 난 음악을 들으며 걸을 땐 조금 다르게 걷거든. 예를 들면 '타닷타닷'이라든가 '퐁퐁퐁' 걷는 거지."

나는 그녀의 무릎에서 머리를 떼고 일어나 그녀의 얼굴을 마주 보았다. 그녀의 입가에 미소가 번졌다. 해야가 이런 표현들을 좋아한다는 것을 알고 있었다.

"정말 그렇겠네!"

"그리고 상가를 지나가도 외치는 소리밖에 없을 거야. 목도리나 귀걸이를 파는 상인들로부터 말이야."

"으, 너무 지루하겠다."

해야는 며칠 전 상가 길거리에서 울려 퍼지는 노래에 맞춰 내가 그녀를 위해 우스꽝스러운 춤을 추었던 기억을 되살리며 말했다. 길을 걷다가 평소에 가장 좋아하는 노래가 나오면 나는 그냥 지나치는 일이 없었다.

"나는 음악이 없으면 바다로 나갈 거야."

그녀는 의지에 가득 찬 목소리로 말했다. 나는 그 이유

를 대략적으로 알고 있었지만 당장이라도 떠날 것 같은
그녀의 표정에 심술이 나서 말했다.

"왜 하필 바다야?"

"바다 소리가 가장 음악 같거든."

입을 꾹 다물고 들을 준비가 된 표정을 짓는 나에게 그녀는 답답하다는 듯이 말을 이어갔다.

"음악이 없으면 서랍 같은 걸 엄청 많이 사야 될 거야. 원래는 음악 속에 추억을 넣고 다니니까. 오늘 우리가 이곳에 온 추억도 새로 산 서랍 속에 넣고는 겉에 '작은 별'이라고 쓴 테이프를 붙여놓아야 할걸. 아마 번거롭겠지. 근데 그럴 필요까진 없어. 우리에겐 바다가 있으니까. 바다는 아주 큰 서랍이야. 우린 먼 훗날 바다 앞 모래사장에 걸터앉아서 오늘을 떠올릴 수도 있어."

해야는 저 먼 수평선을 쳐다보았다. 나도 그녀를 따라 파도 소리에 귀를 기울였다. 그녀의 눈망울은 얼마 지나지 않아 추억에 잠긴 색깔을 띠었다. 가만 듣고 보면 해야가 바다를 사랑하는 정도가 일반적인 경우보다 지나치다는 생각이 들었다.

"난 음악을 사랑해. 하지만 이제는 이 바다 소리만큼 음악 같은 것도 없는걸."

그녀의 말을 알아들을 수 있었다. 그러나 그녀는 왜 저렇게까지 슬픈 얼굴을 하고 있을까. 나는 위로를 해주고 싶었다. 의도는 위로지만 진심이었다.

"전에 이런 장소를 혼자 지나쳤을 때는 단지 어둡고 조용한 곳이라고만 생각했어. 지금 이 바람 소리를 들어봐. 난 너를 만나고 모든 게 음악이야."

진지해진 나의 말투에 해야가 나를 빤히 쳐다보았다. 다시금 적막이 찾아왔고 자신의 순서를 가만히 기다리던 바람이 조용히 연주를 시작했다. 그러자 그녀는 눈을 감고 그 작은 소리를 음미했다. 그녀가 말했던 서랍처럼 바람이 이 순간을 담아주길 바랐다. 나중에 같은 온도의 바람이 불면 그녀에게 이 순간이 떠오르길.

영화의 엔딩 크레디트가 올라가듯 마침내 석양의 끄트머리조차 사라졌을 땐 더 이상 어떠한 찬란함도 세상에 남아 있지 않았다. 나는 그림자만 보이는 해야의 얼굴을 쓰다듬었는데 깜짝 놀라고 말았다. 그녀가 줄곧 얇은 원피스 차림이었다는 것을 깜빡한 것이다. 그녀의 체온은 갈대밭에서보다 훨씬 차가웠다. 난 해야에게 서둘러 따뜻한 물로 샤워하기를 권했다. 그녀는 나의 볼에 가벼운 키스를 남기고 방 안으로 들어갔다.

그녀의 입맞춤은 TV 리모컨의 버튼 같은 역할을 했다. 전원이 꺼져 있던 밤하늘에 불이 들어오면서 세상이 다시 찬란함으로 번쩍거렸다. 그 속에선 달과 별들이 로맨틱한 대사를 읊으며 춤을 추는 연극을 하고 있었다. 보이지 않는 폭죽이 터지고 처음 들어보는 멜로디가 들려왔다. 해야가 내 삶을 바꿔놓은 시점부터 나는 이런 종류의 환상들을 보기 시작했다.

샤워하고 걸쳐 두른 샤워가운

베란다로 나와

자막 없이 밤하늘 보고

번역 없는 바람 소릴 듣지

⌂ ⏛ ◎ ♦ ✕ { } ∥ ∩ ∧ ◊ ◇ ∨ ⊞

▽

▽

▽

▽   항해

▽

▽

▽

▽

▽

▽

▽

▽

▽

▽

항
해

작은 종소리가 짧게 울리며 공기의 흐름을 끊었다. 양이 씨와 나는 대화를 멈추고 동시에 문 쪽을 바라보았다. 덩치가 큰 곱슬머리 남성이 카페의 작은 입구를 통과하기 위해 안간힘을 쓰고 있었다. 그의 덩치에 비해 어깨에 멘 기타 케이스가 우쿨렐레의 것마냥 작아 보였다. 그는 문 틈에 팔과 반대쪽 옆구리를 번갈아가면서 한 번씩 부딪히더니 마침내 안으로 들어오는 데 성공했다.

"여! 우리 왔어."

기타리스트의 뒤로 드러머가 손을 흔들며 인사를 했다. 그녀는 통이 매우 크고 물이 다 빠진 청바지를 바닥에 질질 끌며 들어왔다. 매사에 자신감이 넘치는 여성이다. 그녀는 늘 세련된 안경을 착용했는데 나는 그녀가 한 번도 같은 안경을 쓰는 것을 본 적이 없었다. 아마 수집하는 것이 취미인 듯 보였다.

"보내준 데모는 계속 들으면서 왔어. 좋던데?"

드러머는 흥분을 감추지 못하고 곧장 내게 달려와 손바닥을 내밀었다. 나는 멋쩍은 표정으로 그녀의 손바닥을 가볍게 쳤다. 드러머의 뒤로 베이시스트가 곧장 따라 들어왔다. 그는 우리 중 가장 마른 사내였는데 항상 그것을 부각시키는 딱 달라붙는 티셔츠를 입었다. 오늘 입은 것의 중앙에는 큼지막하게 'ROCK OR DEATH'라는 무서운 문구가 적혀 있었다. 누가 보아도 음악에 미친 사람으로 보이고 싶은 것 같았다. 그는 이마에도 닿지 않는 짧은 머리카락을 뒤로 넘기며 드러머를 따라 의자에 앉았다. 기타리스트도 의자에 앉아 주변을 두리번거리며 말했다.

"건반 친구는 주차하고 들어온다 했어. 그보다 우리한 테 얘기도 안 하고 이런 곳에서 카페를 하고 있었던 거 야? 서운한걸."

나는 오랜만에 만나는 그들에게 반가움과 미안함의 미 소를 지으며 대답했다.

"그냥 저 혼자 커피 마시면서 바다를 보고 싶었어요. 그러다가 가끔 손님이 오면 좋을 것 같았고요. 카페라기 보다."

양이 씨가 모두에게 커피를 차갑게 먹고 싶은지 묻는 동안 드러머는 "가구가 너무 예쁘다"라고 중얼거리며 자 신이 앉은 의자를 만지작거렸다. 그러던 외중에 주차를 마친 키보디스트가 종소리를 한 번 더 내며 이목을 집중 시켰다. 키가 크고 멀끔하게 생긴 남성이 문 앞에서 기지 개를 켜고 서 있었다. 그는 들어오자마자 하품을 하며 말 했다.

"양이 씨, 나는 차가운 걸로 부탁해요."

이들은 몇 년 전 내가 앨범 한 장을 만들던 때 많은 도 움을 줬던 밴드 멤버들이다. 내가 갑자기 사라진 이유를 그들은 여전히 모르고 있었다. 우리가 마지막으로 본 장소도 이상할 것 없이 당시 날마다 모이던 합주실이었다. 몇 달을 공들여 만들던 앨범이 막 완성되려던 찰나에 내가 그들에게 질문을 던졌다.

"뮤지션은 뭘 하는 사람이죠?"

합주가 잘 풀리지 않아 모두 지쳐 있을 때였다. 나의 질문에 멤버들의 시선이 나에게 꽂혔다.

"그러니까…… 음악만 잘하면 뮤지션인가요?"

난 내가 무엇인지 알고 싶었다. 나의 음악이 단순히 노래를 목적으로 하고 있지 않은 것 같아 하는 말이었다. 정적 끝에 베이시스트가 대답했다.

"노래만 잘해도 가수는 될 수 있어. 하지만 무언가를 표현하는 사람을 우리는 예술가라고 해."

그는 엄지손가락에 끼고 있어야 할 슬립링을 입에 물고 있다 빼내며 말했다.

"예술가는 뭘 하는 사람이죠?"

"단지 종목만 잘해서는 예술가가 될 수 없는 것 같아.

가끔은 실력이 뛰어나지 않아도 예술가라는 멋진 호칭을 얻기도 하지."

드러머의 친절한 대답 뒤에 베이시스트가 한마디 덧붙이려다가 마땅한 말이 생각나지 않는지 멈추었다. 그는 슬럽링을 만지작거리다가 다시 입에 물었다.

"어떻게요?"

"글쎄, 그들은 표현하는 방법을 깨우친 거야. 아무런 대사 없이 눈빛만으로 거친 슬픔을 묘사하는 배우처럼 말이야."

"미술관에 걸린 그림 중에 점 하나도 찍지 않고 '무제'라고 제목을 지어놓은 작품처럼 말이지."

드러머가 말하고 베이시스트가 마땅히 할 말을 찾은 듯 따라붙었다.

"아니! 방금 그건 동의할 수 없어."

기타리스트가 엉덩이를 들썩이며 입을 열었다. 그는 갑자기 배에 올려놓은 일렉기타에서 '파' 음을 검지로 길게 튕겼다. 그리고 대단한 연주를 마쳤다는 듯이 손가락을 고상하게 내렸다.

"여러분, 이 곡의 이름은 '파'입니다. 왜냐하면 바로, 네! 그거니까요. 이거랑 다를 게 없지 않잖나. 그걸 무슨 대단한 것마냥……."

그는 혀를 찼다. 한참 만에 말을 한 탓에 말하는 도중 살짝 쉰소리가 났지만 그 덕에 합주실에 박장대소가 터져 나왔다. 기타리스트도 크게 웃었다. 드러머는 기타리스트의 말을 듣고 약간 망설였지만 곧이어 대답을 찾았는지 금테 안경을 고쳐 쓰며 말했다. 그녀는 이런 종류의 주제에 대해서 많은 경험과 생각을 해온 사람이었다.

"물론 그중에는 작품이라고 할 만한 것이 있지. 하지만 요즘은 흉내를 내는 것도 정말 많아. 예술가란 묘하게 매력적이고 신비한 기운을 내뿜거든."

"좋은 예가 여기 있지."

베이시스트가 양손을 자신의 어깨 쪽으로 모으며 말에 꼬리를 붙였다. 우리 모두는 그 행동을 무시했다.

"말도 안 되는 예술가가 많아진 것 같긴 해요……."

나는 나도 모르게 슬픈 표정을 지었다. 듣고 보니 예술가라는 이름이 내가 찾고 있던 것에 가까움을 느끼고 있었기 때문이다. 그들은 진정 하고 싶은 것을 하는 사람처럼 보였다. 가수가 노래를 부르는 사람이라면 예술가는 노래로 표현하는 사람이었다. 화가가 그림을 그리는 사람이라면 예술가는 그림으로 시위를 하는 사람이었다. 그들은 어쩌면 몽상가 혹은 혁명가. 자신이 선택한 종목보다 한 움큼 더 느끼고 한 발치 더 앞서가는 것처럼 보였다. 하지만 만약 내가 예술가로서의 정체성을 찾고 그 길을 선택한다고 해도 그것은 특별하고 굉장한 일이 아닌, 이미 포화 직전의 공간을 비집고 들어가는 꼴이라는 생각이 들었다. 우리의 얘기를 가만히 듣고 있던 키보디스트가 답답하다는 듯이 입을 열었다.

"예술가, 예술가. 그 단어도 이제 진부한 거 같아. 나는 예술가보다 더 매력적이고 멋지다고 생각하는 사람이 있어요."

키보디스트에게 이목이 집중되었다. 그는 그것이 살짝 부담스러운지 얼굴을 찡그리며 콧등을 긁었다. 그래봤자 그의 날렵하고 잘생긴 콧대가 시선을 끌 뿐이었다. 내가 호기심을 참지 못하고 그에게 물었다.

"그게 뭐죠?"

내가 예술가보다 목표로 할 수 있는 게 있단 말이야? 나는 그의 대답을 재촉하지 않기 위해 침을 꿀꺽 삼켰다.

"그건 바로 자신이 한 말을 지키는 사람이야."

그는 시선을 피해 허공을 보며 말했다. 하지만 그의 어조는 확실하고 분명했다.

"그들은 예술가 사이에서도 진정한 예술가지. 자신이 표현한 것이 곧 자신이 되는 사람이거든. 예술가인 척하는 사람들은 절대 그런 삶을 살지 못해."

나는 어려운 말을 하는 그를 빤히 바라보았다. 그는 더 해줄 수 있는 말이 없는 것 같았다. 나는 드러머를 쳐다보았다. 그녀는 다시 한번 두 손가락으로 금테 안경을 고쳐 올리며 고개를 끄덕였다.

"우리 모두가 그렇게 되는 꿈을 꾸곤 하지! 자신이 곧 예술이 되는 사람은 세상을 바꾸는 힘이 있거든. 그의 말을 믿고 뒤에 줄을 서는 자가 수두룩할 거야. 그만큼 책임이 따르기도 하고……."

"책임과 자유는 함께 두기에 너무 무겁지 않니? 우린

자유로운 예술을 하는 걸로 만족해."

드러머 뒤로 베이시스트가 따라붙었다. 자신이 한 말을 지키는 사람. 그건 손이 떨리도록 멋진 말이었다. 나는 그날 합주를 거기서 마무리할 수밖에 없었다. 음악이 중요한 게 아니었다. 내가 어떻게 사느냐가 중요한 것이지. 그 순간에 나는 다짐했다. 수많은 거짓과 모방이 판치는 그곳을 비집고 들어갈 수 있다면, 그 사이에서 '진짜'가 될 수 있다면, 그때 진정한 예술가로서 음악을 할 것이라고.

"그러고 나서 사라졌잖아."

그동안 내가 어디 있었을지 모두가 추측하는 중에 기타리스트가 합주실에서의 일을 기억해냈다. 어디서부터 이야기를 해야 할지 막막했다.

"그때 다들 고생했지만, 이전에 만들었던 앨범은 내지 않을 거예요. 죄송해요."

2층에서 도는 클래식 LP가 마지막 곡을 끝내는 바람에 순식간에 조용해졌고 모두가 내 말에 귀를 기울였다.

"저는 유명해지고 싶은 욕심이 없어요. 록스타가 되고 싶은 꿈도 없어요. 저는 단지 음악이란 게 맘에 들고 제 이야기를 하고 싶을 뿐이죠."

이제 시작이라고 생각하니 감정이 벅차올라 목소리가 떨렸다.

"그래, 하고 싶은 말이 뭔데?"

키보디스트가 물었다. 사실 그것이 무엇인지는 알겠으나 아직 어떠한 문장으로 명확히 설명할 수 있게 정리되지 않았음을 다시 깨달았다. 하나의 표현으로 담을 수 없는 주제였다. 나는 그것을 묘사할 수 있는 머릿속의 수십 가지 방법들을 살펴보다가 가장 알맞다고 생각하는 단어 하나만 이야기했다.

"어떤 여자를 만났어요."

묘한 기류가 흘렀다. 그들의 기대를 충족하지 못하는 단어였던 것 같다. 기타리스트는 헛기침을 몇 번 하더니 맥이 빠진다는 듯이 비아냥거렸다.

"제길, 결국 사랑 노래구먼."

양이 씨가 커피를 가져다 놓으며 나의 눈치를 살폈다.

기타리스트는 드러머의 눈초리를 느끼고 말을 정정했다.

"왜? 난 좋아."

"그래. 일단 음악이 좋잖아. 나도 궁금해."

드러머는 미소를 지으며 나를 응원해주었다.

그들이 나의 이야기를 알아야 한다고 생각했다. 내가 누굴 만났는지, 그동안 어디서 무엇을 했고, 왜 이 앨범을 만들려고 하는지. 그들이 알아야만 그들의 연주를 통해 모든 것이 완성될 것이다. 나는 이야기를 시작했다.

뱃노래

뱃
노
래

선착장 특유의 부산스러움
과 설레는 공기가 온몸을 휘감았다. 그 공기에 적응하느
라 입술이 파르르 떨려왔다. 얼마 후면 찾아올 크리스마
스로 인해 거리마다 온갖 트리와 불빛 장식들로 꾸며져
있었다. 중앙 홀에서는 빨간 산타 모자와 정장을 입은 소
규모 재즈 밴드가 캐럴을 편곡해서 연주하고 있다. 멀리
서 들어도 상당히 괜찮은 연주였던 터라 일부러 그곳까
지 빙 돌아가 끼고 있던 이어폰을 빼고 발걸음을 멈추었

다. 그 옆 구세군의 종소리는 의도했는지 몰라도 밴드의 연주와 얼추 어우러져 미소 짓게 만들었다. 나는 밴드의 머니박스에 돈을 넣을까, 구세군 냄비에 돈을 넣을까 망설이다가 가지고 있던 돈을 반으로 나누어 양쪽에 공평하게 주었다. 나처럼 망설이다 그냥 제 갈 길 가게 된 사람도 많을 것 같다는 생각을 했다.

선착장에는 온 세상 사람들이 다 있었지만 하나같이 원래 있던 곳을 떠나고자 모인 가출 집단이다. 그 누군가에게는 남몰래 꿈꿔온 일탈이었을 것이다. 나는 주위를 둘러보고 처음 보는 그들의 얼굴에서 몰래 동질감을 느꼈다. 오른손에 들려 있던 배의 승차권에는 마지막 여행지가 적혀 있었다. '진짜' 예술가가 되기 위해 여행을 시작한 지도 벌써 1년이었다. 막상 처음 떠나올 땐 예술을 향한 강력한 동경이나 사명감을 찾아버려서 돌이킬 수 없는 다리를 건너버릴까 봐 겁이 나기도 했었다. 그러나 선착장에서 배를 기다리고 있는 나의 두 손에는 여행에 꼭 필요한 간단한 짐 외에 어떠한 사명감이나 결심 따위는 찾아볼 수 없었다. 그렇게 아무것도 깨닫지 못한 편은

⌂ ⌂ ◎ ◆ ✗ 〔 〕 ∥ ∩ ∧ ○ ◇ ∨ ⊞

의외로 홀가분한 마음을 주었다.

　내가 쓰는 객실은 선박 아래층의 구석진 곳에 있었다. 나는 침대에 누워 벽면에서 들리는 오묘한 소리를 듣고 있었다. 파도가 배에 부딪히는 소리일 텐데 흡사 고래의 울음소리처럼 들렸다. 그러나 더욱 거슬리는 소리는 위층 침대의 할아버지가 코를 고는 소리였다. 선실이 흔들리는 것이 둘 중 어느 것 때문인지 가늠하기 어려울 정도였다. 멀미가 날 것 같았다. 섬에 가기 위해선 배에서 밤을 꼬박 지내야 하는데 큰일이었다. 더구나 복도 끝 쪽에는 화장실이 있었는데 문이 제대로 닫히지 않는지 불쾌한 냄새가 흘러나왔다. 구토를 하기 위해 가는 곳인지 구토를 유발하는 곳인지 용도를 알 수 없었다. 나는 가슴이 답답해지면서 뇌가 흔들리는 것을 느꼈다. 몸 안에 있는 물들이 저도 자유를 찾아 저 바다로 나갈 거라고 시위라도 일으키는 느낌이었다. 마지막 여행을 최상으로 장식하고 싶었는데 시작부터 글러먹은 것 같았다. 배마저 기분처럼 가라앉지 않길.

바람이 필요했다. 사람이 드글거리고 자꾸 몸이 부대
끼는 답답한 곳에서 벗어나고 싶었다. 그러나 객실을 뛰
쳐나와 올라온 갑판 문에는 경고문이 붙어 있었다.

"제길!"

나는 답답한 마음에 주먹으로 문을 쾅 한 번 때리고 돌
아섰다. 되는 게 없는 날이다. 섬에 도착하자마자 숙소에
들어가 제대로 된 잠이나 자야겠다는 다짐을 했다. 그 순
간 등 뒤에서 '끼익' 소리와 함께 세찬 바람이 새어 들어
왔다. 주먹으로 쳤던 문이 잠기지 않은 상태였는지 빼꼼
히 열린 것이다. 나는 뒤돌아보았다. 간담이 서늘하도록
차가운 바람에 벌써부터 해방감을 느꼈다. 열린 문 틈으
로 밖을 살폈다. 그리고 내가 잘못 보았나 싶어 문에 붙
은 경고문을 재차 확인했다. 누구나 확인할 수 있게끔 큼
지막한 글씨로 쓰여 있었다. 다시 문밖을 보았다. 조명 하
나 없는 어둠 속에 누군가 서 있는 것이 보였다. 분명 선
원은 아니었다. 나와 같이 답답함을 느낀 승객 중 한 명

◻ ⌂ ◎ ◆ ✕ 〔 〕 ∥ ∩ ∧ ◇ ∨ ✉

이거나 혹은 바다 귀신일 수도 있다. 나는 용기를 내 말을 걸었다.

"저기요?"

여성의 검은색 단발머리가 바람에 마구잡이로 흩날렸다. 그녀는 얇은 갑판의 기둥을 붙잡고 안간힘으로 서 있었다. 거센 바람을 이기지 못하고 금방이라도 날아갈 것 같았다. 나는 두려운 마음에 가만히 지켜보다가 눈앞에 펼쳐진 상황이 TV나 영화와 같은 스크린이 아니라는 것을 직시했다. 위험한 상황이었다. 그녀에게 다가가기 위해 문턱을 넘었다. 벽면을 짚고 두 발이 문을 완전히 넘어간 그때 아주 작은 소리가 들리기 시작했다. 걸음을 멈추었다. 그러자 작은 소리는 천천히 들을 수 있을 만한 크기가 되었다. 얼마 가지 않아 그것이 노랫소리라는 것을 깨달았다. 나는 내 귀를 의심했다. 맙소사. 털끝이 곤두서며 두려운 마음이 온몸을 덮쳤다. 바다가 부르는 노래였다.

　　귓가에 넘치는 바다, 눈을 감고 느낀다
　　난 자리에 가만히 앉아 항해하는 법을 알아

　겨우 알아들을 만한 크기의 노랫소리는 점점 커지며
공간을 지배했다. 검은 구름에 숨어 뒤통수만 보이던 달
이 뒤를 돌며 나와 눈이 마주쳤다. 그것은 모든 것을 재판
하려는 눈빛을 하고 있었다. 나는 영문도 모르고 마치 죄
인이라도 된 것처럼 간이 쪼그라들었다. 파도들이 높이
일어나 위에서 아래로 나를 깔보았다. 손발이 오들오들
떨렸다. 주저앉을 것처럼 다리에 힘이 풀렸다. 봐서는 안
될 비밀스러운 순간을 우연찮게 찾아낸 것만 같았다. 그
들은 계속해서 노래를 불렀다.

　뱃노래 뱃노래
　외로움을 던지는 노래
　몇 고개 몇 고개의
　파도를 넘어야 하나

　『신드바드의 모험』에서 선원들을 홀려 바다에 빠뜨려
죽인 세이렌의 목소리가 이러했을까. 그 음색과 노래의
선율이 내 혼을 빼앗아가기에 충분했다. 거대한 광경 안

○ ♤ ◎ ◆ ✕ 〔 〕 ∥ ∩ ∧ ◇ ∨ ⋈

에서 가녀린 단발머리의 그녀는 기둥 하나에 자신을 의지하고 있었다. 파도가 그 크기를 점점 높이는 것이 곧 그녀를 잡아먹을 것 같은 기세였다. 그런데도 그녀는 꼼짝없이 가만히 있었다. 어서 그곳을 벗어나야 한다. 도망가야 한다. 그러나 왜 가만히 있는 걸까. 너무 무서워서 발이 떨어지지 않는 걸까. 배가 크게 좌우로 흔들리면서 나는 외벽을 짚고 주춤거렸다. 정신이 들었다. 까딱하다가는 눈앞에서 끔찍한 일을 목격하게 될 상황이었다. 파도가 그녀의 머리 위로 올라가 거대한 괴물처럼 입을 벌렸다.

"위험해!"

나는 재빠르게 문턱을 박차고 달려가서 그녀의 머리를 감싸 안고 난간 쪽으로 돌았다. 머리 위로 큼지막한 파도의 조각들이 떨어졌다. 나는 그 힘을 이기지 못하고 난간에 등을 세게 부딪혔다. 하필이면 그중 뭉툭한 부분에 닿았는지 나는 고통에 외마디 비명을 질렀다.

"아!"

검은 머리 그녀는 내 두 팔에 파묻힌 채로 어떠한 미동

도 소리도 없었다. 기절한 걸까. 파도는 끝까지 우리를 난
간 밖으로 끌어내기 위해 옷자락을 잡아당겼다. 흠뻑 젖
어 몸이 무거웠지만 그럴수록 나는 몸에 힘을 주고 버텼
다. 품 속의 그녀가 움찔거렸다. 팔에 너무 힘이 들어갔던
것이다. 그녀가 숨을 쉬기 위해 얼굴을 들어 올렸다. 물기
어린 검은 머리가 젖히고 처음으로 그녀의 눈이 드러났
다. 칠흑같이 어두운 바다보다 더 깊고 신비로운 눈동자
였다. 고양이 같은 눈을 가졌지만 날카롭지 않았다. 또 화
장기는 없지만 불그스름한 입술을 하고 있었다. 나는 등
의 고통도 잊어버리고 넋이 나가 그녀의 얼굴을 쳐다보
았다. 그 안에 어떠한 혼란도 약함도 보이지 않았다. 그
위풍 앞에서 마법처럼 몸에 힘이 풀리기 시작했다. 다리
가 흐물흐물해지고 감각이 사라졌다. 나는 그대로 미끄러
져 그녀의 새카만 눈동자 안에 빠졌다. 기다렸다는 듯이
풍덩 소리를 내며 어둠이 나를 집어삼켰다. 시야가 흐릿
해졌다. 숨이 막혀왔다. 나는 점점 더 깊은 곳으로 가라앉
았다. 알 수 없는 무언가가 내 발목을 잡고 끌어내렸다.
까마득히 먼 곳에서 구슬픈 첼로 소리가 느껴졌다. 난 그

대로 눈을 감았다. 떨어지는 방향의 깊은 곳에서 울부짖는 소리가 들렸다. 온 바다를 울리며 그 소리가 전달되었다. 거대한 그림자가 밑에서부터 헤엄쳐 올라오는 것이 느껴졌다. 그것은 더욱더 거대한 크기로 가까워졌고 곧이어 그 물체가 뱃고동과 같은 울음소리의 주인이라는 것을 알았다. 검은 그림자만 보아도 범상치 않은 위엄이 느껴졌다. 나는 떨어지면서 그것과 더 가까워졌다. 그림자는 이제 한눈에 담을 수 없을 만큼 커졌다. 그림자가 입을 벌리고 나에게 돌진했다. 고래였다. 주위의 물결들이 소용돌이치며 나를 제물인 양 고래에게 인도했다. 나는 완벽한 어둠에 잠식된 고래의 입 속으로 힘차게 빨려 들어가 집어삼켜졌다.

정신이 들었을 때는 이미 새벽이었다. 나는 내가 어디에 있는 건지 고개를 들어 살펴보았다. 불이 꺼진 객실이었다. 여전히 위층 할아버지가 평화로움 속에 코를 골았다. 얼굴과 마주한 벽면의 뒤편에서는 파도 소리가 울렸다. 그것은 내가 꿈에서 들었던 고래의 울음소리와 비슷했다.

이 소리로 인한 꿈이었구나. 안도의 한숨이 나왔다. 자리에서 몸을 일으키려다가 등의 통증을 느꼈다. 나는 인상을 쓰며 그 원인을 찾아내기 위해 기억을 더듬었다. 여자! 갑판의 여자는 어떻게 된 거지. 나는 몸을 더듬었다. 옷이 완벽하게 말라 있었다. 이것도 꿈이었다. 이상하고 찝찝한 느낌이 들었다. 꿈이라기엔 너무 생생했다. 게다가 등의 선명한 고통은 분명 어제 그녀를 구하기 위해 몸을 던졌을 때 다친 것일 거다. 무엇이 어떻게 된 건지 이해가 되지 않았다. 그녀의 눈을 보았을 때 난생처음 느낀 그 감정을 잊을 수가 없었다.

그녀가 실존하지 않는 꿈의 인물일 리 없다. 객실 어딘가에 있을 그녀를 찾아야겠다는 생각이 들었다. 당장 침대에서 일어났다. 3층짜리 침대들이 빼곡하게 들어선 복도를 어둠 속에서 더듬더듬 짚어나갔다. 대부분 커튼으로 가려져 있었다. 살짝 얼굴만 확인하면 되는 일이다. 나는 조심스레 커튼을 젖히며 그 안에 누운 승객의 얼굴들을 한 칸 한 칸 확인했다. 어떤 침대에는 그 작은 공간에 두 명이 자고 있었고 어떤 침대에서는 술 냄새가 났다. 객실이 어둡고 배가 심하게 흔들리면서 찾는 게 힘들어지자 긴장이 되고 땀이 나기 시작했다. 나쁜 의도가 아니더라도 몰래 어떤 일을 한다는 게 스스로 죄책감을 갖게 만들었다. 어떤 사람이 잠에서 깨어 침대 밖으로 몸을 내밀며 내가 하는 행동을 수상쩍게 지켜보았다. 이대로는 오해를 받고 쫓겨날 게 뻔했다. 할 수 없이 객실 밖으로 자연스럽게 걸어 나왔다. 정말 꿈이었던 걸까. 그저 생생한 꿈. 아쉬운 마음이 드는 것이 아이러니했다. 죽을 뻔했던 상황이 꿈이었다면 다행이어야 할 텐데. 객실의 문을 조심스럽게 닫다가 뒤에서 나는 소리에 화들짝 놀라고 말았다.

누군가 손을 뻗어 나에게 악수를 청했다. 내가 깜짝 놀라 뚫어지게 쳐다보는 동안 그녀는 뻗은 손을 다시 한번 뻗으면서 악수가 성사되기를 재촉했다. 난 얼떨결에 그녀의 손을 잡았다. 그녀는 악수를 하며 어색한 미소를 지었다. 갑판에서 보았던 단발머리였다. 난 눈을 크게 뜨고 놀란 반응을 보였다. 설렘과 반가운 감정도 함께 있었다.

"어떻게……."

"해야라고 해."

그녀가 자신의 이름을 알려주었다.

"그럼 난 정말 바다에 빠졌고……."

곰곰이 다시 생각해보니 내가 난간 밖으로 튕겨져 나가 바다에 빠진 것은 아니었다. 하지만 어딘가로 떨어져 물 속에 잠긴 것은 사실이었다. 이상했다.

"잠깐, 난 어디 빠진 거지?"

그녀는 눈동자를 위로 치켜뜨며 생각하는 척을 하더니 대수롭지 않게 웃어 보였다. 그 웃음은 마치 "나한테?"라고 말하는 것처럼 느껴졌다. 하지만 그 웃음을 거부할 수가 없었다. 정말로 그녀에게, 정확히 말하면 그녀의 눈동자에 빠졌던 것 같다. 그러나 사랑 같은 감정 따위가 아닌 바다에 빠지는 느낌과 더 가까웠다. 그녀가 내 눈앞에 있다면 이것 말고도 이해되지 않는 것이 많았다.

"하지만 파도에 젖었던 내 옷은 지금 다 말라 있고, 정신을 잃고 내 침대까지는 어떻게 왔고……."

해야가 아무 일도 아니라는 듯이 말했다.

"알았어. 잘 들어. 아까 그게 꿈이 아니라 너도 나도 정말 바다에 빠져 죽은 거야. 그리고 이게 꿈인 거지. 어때?
이제 이해가 돼?"

"그런……."

말도 안 되는 논리가.

"왜 그렇게 위험한 짓을 한 거야?"

"뭐가?"

"파도가 몰아치는데 거기 위험하게 서 있었잖아."

나는 아까의 긴박한 상황이 떠올라서 다시 흥분되었
다. 반면 그녀는 여전히 차분했다.

"응. 가끔은 그렇게라도 봐야 하는 것들이 있어."

"그게 뭔데?"

대답 없이 침묵이 이어졌다. 나는 속으로 그녀의 말이
무슨 뜻인지 되뇌고 되뇌었다. 또다시 그게 뭐냐고 질문
하는 건 그녀를 귀찮게 만들 것 같았다. 다행히 그녀가 먼
저 입을 열어주었다.

"가끔 사람들은 자신이 무엇을 두려워해야 하는지 잊
어버려. 그래서 아주 사소한 걸 두려워해. 예를 들면 자
신을 따돌리는 아이나, 제시간에 마감하지 못할 업무 따

위를."

그녀는 여전히 정면을 응시하였다.

"이런 걸 보면 비로소 깨닫게 되지. 내가 두려워하던 건 이 거대한 파도 앞에 아무것도 아니구나. 심지어 내 죽음도 여기서는 너무 작은걸."

그녀는 내 얼굴을 바라보았다. 또다시 그녀의 오묘한 눈동자와 마주 보게 되었다.

"그래서 통제하는 거야. 윗사람들은 파도가 아닌 자신을 두려워하길 바라니까. 파도 앞에선 그들도 한없이 작아지니까."

나는 그녀에게 파도 앞에서 작아 보이게 만들고 싶은 두려움이 뭔지 물으려다가 목구멍에서 그만두었다.

"죽을 수도 있었는데?"

그녀가 나를 이상하게 쳐다보았다. 도리어 내가 그녀에게 지어주고 싶은 표정이었다. 정말 이상한 여자였다. 그녀를 더 알고 싶다는 마음이 드는 찰나, 누군가에 의해 객실 문이 열리면서 문을 등지고 서 있던 나를 밀어냈다. 문고리가 등을 치면서 잊고 있던 고통이 다시 찾아왔다.

해야는 내가 다쳤다는 것을 알고 걱정 어린 눈초리를 보냈다. 차갑고 신비롭게만 느껴졌던 그녀의 눈동자에 따뜻함이 묻어 나왔다. 그 안에 빠졌던 기억이 다시 생생하게 피부로 전달되었다. 차가운 물살이 온몸을 휘감자 소름이 돋아서 몸이 부르르 떨렸다. 내 모습을 본 해야가 처음으로 웃음을 터뜨렸다. 정말 아름다웠다. 아까 했던 생각을 정정해야 했다. 내가 빠진 것은 바다가 아니라 사랑과 같은 감정 따위였음을.

$\triangledown$

$\triangledown$

$\triangledown$

$\triangledown$

$\triangledown$

$\triangledown$　　　　　예술가

$\triangledown$

$\triangledown$

$\triangledown$

$\triangledown$

$\triangledown$

$\triangledown$

$\triangledown$

$\triangledown$

예
술
가

 섬의 중심부에 있는 뷔페에
서 그녀를 만나기로 했다. 늦은 점심시간이라 손님이 많
지 않아 적당히 한적한 분위기를 띠고 있었다. 섬에 온 이
후로 제대로 된 밥 한 끼 먹지 못했지만 기름진 음식이
고프거나 한 건 아니었다. 단지 잔잔한 음악이 깔린 곳에
서 해야, 그녀와 대화하고 싶었다.

 해야는 콘스프 한 잔을 먼저 챙기고 접시에는 샐러드
를 한가득 퍼 담았다. 나도 같은 것을 담으려던 참이었다.

그녀는 샐러드 곁에 공간을 만들어서 연어 초밥 두 점과 참치롤 세 점을 담았다. 우연치 않게 마침 나도 그 정도가 딱 적당하다고 생각했었다. 해야는 내 얼굴을 바라보며 재미없다는 표정을 지었다. 내가 그녀를 따라 하고 있다고 오해하는 것 같았다. 나는 당황스럽다는 제스처를 취하고 그녀와 떨어져서 음식을 담겠다는 과장된 걸음걸이를 보여주었다. 나는 마지막으로 음료 코너에서 홍차를 따랐다. 뒤를 돌아보니 그녀가 컵을 들고 차례를 기다리고 있었다. 어쩜 취향이 똑같은 우리였다. 해야가 그만 알겠다며 말했다.

"좋아! 누구나 콘스프와 샐러드와 홍차를 좋아하니까."

우리는 창가 옆에 자리를 잡고 앉았다. 햇살을 마주 본 그녀의 얼굴에 더 선명한 매력이 드러났다.

"그래서?"

"그래서 예술가가 되고 싶었지."

나는 이 말을 하면서 침을 삼켰다. 과거형으로 말해야 할지 다시 한번 생각해야 했기 때문이다. 여행을 시작한 이후로 많은 자칭 예술가들을 만났다. 그러나 내가 기대했던 모습은 전혀 찾을 수 없었다. 도리어 그들에게서 느낀 건 오만과 망상뿐이었다. 어떤 이는 치장하는 데에 번 돈을 다 썼고, 어떤 이는 예술가인 자신을 함부로 대하지 않기를 원했다. 그들은 하나같이 이상한 세계에 도취되어 있었다. 어느 정도는 그럴 수 있다고 쳐도, 그들의 말을 들어보면 '모든 예술가는 그래야 한다'는 생각뿐이었다. 예술보다 그게 더 중요한 사람 같았다. 난 내 꿈과, 내 꿈의 꼭대기에 있는 사람들에게 큰 실망을 해버린 상태였다. 여전히 내 안의 알 수 없는 갈증이 해소되지 않고 있었다.

"예술가, 그게 어떤 건데?"

"진정한 예술가는 자기가 한 말을 지키는 사람이야."

나는 샐러드 접시에서 마지막 남은 방울토마토를 집어 한쪽 볼에 밀어 넣어둔 채 말을 했다. 나는 마치 많은 것을 경험하고 통달한 사람처럼 의기양양하게 말했다.

"말은 멋있지? 그런데 막상 내가 했던 말을 지킨다 해도 돌아오는 건 없더라고."

"뭐가 돌아와야 하는데?"

그녀의 질문에 나는 말문이 막혔다. 잘난 체를 하려다가 결국 말실수를 했다는 생각이 들었다. 아니, 이게 나의 본래 생각이었을까. 나도 결국 예술가처럼 보이기 위해서 나를 꾸며내는 그런 허상에 가득 찬 가짜들 중 한 명인 것인가. 인정하기 싫었다.

"1년 동안 여행을 했어. 그리고 다양한 예술가들을 만났어. 대부분은 가짜였지만 진짜도 만났지. 진짜들의 목표는 정상이나 골대에 있지 않았어. 하늘이나 바위 같은 곳에 있었거든. 그들이 가치를 두는 곳을 함께 보고 있으면 너무 아름다워서 눈물이 나올 정도였다니까. 그들은 예술을 하고 있던 게 아니야. 예술을 살고 있었던 거지!"

나는 흥분했다. 그래, 내가 아까 했던 말은 실수가 아니다. 그동안 여행하며 가졌던 억울한 생각들이 생각의 수면 위로 솟구쳐 올라오기 시작했다.

"그런데 정상에는 누가 있나 봐. 가식적인 말을 뱉는 사람들뿐이야. 유행을 좇으면서 허례허식하는 가짜들뿐이라고. 그들은 한 손에 와인 잔을 들고서 자기들끼리 알맹이 없는 말을 주고받다가 포도나무 따위를 보고 말할 거야. '오, 영감이 떠올랐어요!' 그리고 써내는 다음 곡 가사는 이렇겠지."

나는 목을 큼큼대며 가다듬었다.

그대는 포도나무여라

똑 하고 따먹을 테야

해야는 박수를 치며 웃어댔다. 조카가 재롱부리는 것을 보는 듯한 표정이었다.

"나쁘지 않은데?"

솔직히 나도 방금 떠오른 것치고는 괜찮다고 생각했다. 하지만 이미 흥분에 못 이겨 화가 난 상태였다.

"대중은 누가 예술을 하는지 알아야 해! 아니 보고 느껴야 해. '나는 비슷한 것들만 봐왔구나. 진짜는 바로 여기 있었는데!'"

말을 마치자 사방이 조용함을 느꼈다. 조금 지나자 뷔페의 잔잔한 음악 소리가 귀에 들어왔다. 그것은 방금까지 목소리를 높인 내가 부끄러울 정도로 고급스럽고 편안했다. 해야의 목소리는 그 음악과 하나가 되어 나에게 부드럽게 흘러들어 왔다.

"그럼 그 사람들과 함께 예술을 하지 그랬어."

"그럴 수 없었어. 왜냐하면……."

"왜냐하면?"

나는 또 말하기를 망설였다. 하지만 그녀 앞에 더 이상 숨길 것이 없었다. 수없이 방황했던 나에게 솔직해지는 순간이기도 했다. 사실 내가 바라는 건, 내가 만난 진짜 예술가들이 높은 자리로 올라가는 장면이었다. 이 말에 모순이 있다는 것은 나도 알고 있었다. 왜냐하면 그들은 스스로 그 길을 선택하지 않았기 때문이다.

"내가 그들과 달랐거든."

가짜로 살기엔 나는 그들을 증오하며 인정하지 않았다. 진짜로 살기엔 나는 진짜의 면모를 갖추지 못한 사람이었다. 이런 나 자신을 인정하기가 쉽지 않았다. 오늘 이 대화는 마지막 여행이 내게 준 대답이었다. 이도 저도 아닌 나 자신을 알고 나니 몹시 우울해졌다.

"난 방울토마토를 먹을 거야."

⌂⌑◎◆✕{ }∥∩∧◇◇∨ꑿ

해야는 잠자코 있다가 포크로 토마토를 찍어 입에 넣었다.

"난 방울토마토를 씹을 거야."

그리고 해야는 거칠게 그것을 깨물었다. 톡 터지는 소리와 함께 토마토 즙이 그녀의 입 밖으로 튀어나왔다. 그녀는 아랑곳하지 않았다. 갑자기 그녀가 왜 이런 행동을 하는지 알 수 없었다. 그녀는 깔끔히 비워진 서로의 접시를 번갈아 보며 음식을 더 받으러 가겠냐는 고갯짓을 했다. 내가 벙찐 상태로 가만히 있자 그녀는 혼자 자리에서 일어섰다. 잠시 후 들고 온 두 개의 접시 위에는 방울토마토만 한가득했다.

"너 이거 다 먹을 수 있어?"

해야가 물었다. 배가 조금 부르지만 가능하긴 한 양이었다. 난 고개를 끄덕였다.

"난 다 못 먹어."

"그럼 왜 이렇게 많이 퍼온 거야?"

"내가 다 못 먹는다는 걸 보여주려고."

나는 도대체 그녀가 무슨 말을 하는지 알 수 없었다.

"난 방울토마토를 좋아하지만 이렇게 많이 먹을 순 없어. 하지만 네가 말한 어떤 가짜들은 이걸 다 먹어. 그리고 카메라를 보면서 이런 말을 하겠지. '지구 반대편에는 이조차 먹지 못하는 친구들이 많으니까요!'"

그녀는 아까 내가 가짜들을 흉내 냈던 목소리를 그대로 따라 했다.

"그들은 네가 말하는 예술가가 아니더라도 남들에게 이용당하거나 자신을 속이는 대가를 치르면서 정상으로 올라가. 정당한 대가인지는 알아서 생각하는 거지만, 어찌 됐든 진짜 가짜 할 것 없어. 분야가 다르다고 생각하면 편해."

해야는 본인이 가식적인 사람을 극도로 싫어한다고 말한 적이 있었다. 나는 지금 그녀의 말이 그때와 다른 것 같다고 생각했다. 해야는 그런 내 표정을 읽고 덧붙였다.

"아, 그건 그거고 난 그런 사람들을 안 좋아해."

혼란스러웠다. 해야의 말대로라면 나는 그들을 가짜라고 부를 수 없었다. 그들과 다른 삶을 격렬히 추구했던 지금까지의 내 모습이 초라해지는 느낌이었다. 반박할 말이

없어지면서 뭔가 손해를 보는 것 같았다. 나는 입을 꾹 다
물었다.

"선아, 거창한 걸 생각하지 마. 뱉은 말을 지킬 수 없을
것 같으면 그냥 할 수 있는 만큼의 말을 하면 돼. 난 어렸
을 때부터 술을 먹지 않을 거라고 말했어. 그리고 지금까
지 한 번도 마시지 않았어. 왜냐하면 난 내가 안 마실 수
있다는 걸 알았으니까. 그리고 지금 난 토마토를 먹을 거
야."

그녀는 입을 크게 벌린 채로 말을 했다.

"이건 말한 거고."

그리고 방울토마토 두 개를 입 안에 넣고 씹더니 보란
듯이 과장된 동작으로 삼켰다.

"이건 지킨 거야."

해야는 배가 부르다면서 디저트를 가져오기 위해 또
한 번 코너를 돌았다. 그녀의 코트는 허벅지까지 가지런
하게 떨어지는 것이었다. 새삼 자몽색을 저렇게 잘 소화
하는 사람은 처음 본 것 같았다. 나는 그녀의 자태를 바라
보며 이 여행뿐만 아니라 더 많은 날을 그녀와 함께하고

싶다는 생각을 했다. 그녀의 말을 온전히 이해하기는 힘들었지만 그중 몇 마디는 죽은 생각들에 다시 숨을 불어넣어줄 만큼 강렬했다. 어떤 때는 머리가 통째로 두근거리는 것 같았다. 이건 단순히 사랑이라는 감정을 넘어 내 안의 결핍된 무언가를 그녀가 대신 채워줄 수 있을 것 같았다. 그녀는 브라우니 두 점과 함께 돌아왔다.

"자, 이제 어떤 말이든 해볼 차례야."

"키스해도 돼?"

내가 의자에서 벌떡 일어나자 해야는 놀라 눈을 동그랗게 떴다. 나도 왜 그녀에게 이런 말을 했는지 몰랐다. 그러나 이미 상황은 돌이킬 수 없었다.

"갑자기?"

"그냥 할게. 우선 이건 말한 거고."

나는 식탁 너머로 몸을 굽혀 그녀의 빨간 입술에 나의 입술을 포개었다.

해야를 만난 이후로 이번 여행은 그녀가 없으면 그 의미를 잃어버릴 판이었다. 우리는 거의 매일 보았고 함께 밥을 먹었다. 저녁에는 해야와 꽤 오랜 시간 석양을 보기 위해 바닷가로 나갔다. 그녀는 바다를 사랑한다고 말했다. 그녀는 매일 자신에게 바다가 어떤 의미인지 말해주었다.

"나는 음악이 없으면 바다로 나갈 거야."

"왜 하필 바다야?"

"바다 소리가 가장 음악 같거든."

그 바다에는 단 하나의 별이 떠 있었다.

∇

∇

∇

∇

∇

∇

∇   보배

∇

∇

∇

∇

∇

∇

보
배

　　　　　숙소 객실의 창밖으로 눈이
내렸다. 해야의 표정이 밝아졌다. 그녀는 무릎으로 걸어
가 책상 위에 있는 라디오의 볼륨을 높였다. 이번 주 내내
눈이 올 것 같다는 기상캐스터의 말이 내게도 큰 설렘을
주었다. 해야와 함께인 데다 눈까지 내려준다면 내 생애
가장 로맨틱한 겨울이 되지 않을까. 유리창에 비친 내 얼
굴은 무심하게 라디오를 향해 있었지만 라디오가 아닌
해야의 표정을 의식하고 있다는 것을 누구라도 알 수 있

었다. 딱딱한 기상캐스터의 말투와 상관없이 입가에 흐뭇한 미소를 짓고 있었기 때문이다. 그녀가 다시 무릎으로 걸어와 내 옆에 털썩 앉았다. 나뭇가지를 엮어 만든 뼈대가 조금 엉성했지만, 특색 있었다. 바꿔 말하면 그럭저럭 괜찮은 수준이었다. 도대체 트리를 직접 만들 생각은 어디서 나온 건지 알 수 없었다. 그녀의 솜씨를 보아 그녀도 이번에 처음 떠올린 생각인 것 같았다.

"더는 못 하겠어!"

장식을 붙이면 자꾸 한쪽으로 기우는 나뭇가지를 두고 해야는 지쳐 드러누웠다.

"그러게, 내 말대로 완성품을 샀으면 지금쯤……."

"아니야. 할 수 있어."

그녀는 의욕적인 표정으로 다시 벌떡 일어섰다. 시간이 벌써 밤 12시 반이었다. 계획대로라면 이미 트리는 완성되었어야 했고 12시 정각에 불을 밝혔어야 했다. 그러나 우린 듣고 있던 캐럴 모음집도 꺼버린 채 아직도 나뭇가지에만 온 신경을 집중하고 있다.

"선아, 네가 만난 사람 중에 조각가는 없었어? 우린 지금 그런 예술가가 필요해."

　해야가 트리 장식용으로 산 루돌프 인형을 만지작거리며 말했다. 그녀에게 여태 여행하면서 만난 사람들에 대한 이야기를 해주는 중이었는데 그에 대한 말이었다. 나는 1년 동안 패션 디자이너와 환경미화원, 스트리트 댄서, 배우 지망생, 호텔 요리사, 담벼락 화가 등 많은 예술 직종의 사람을 만났다. 그중에는 드물게 예술가의 면모를 가진 사람도 있었다. 가끔은 그들을 떠나 계속 여행한 것을 후회한 적도 있었다. 그들은 분명 매력적이었기 때문이다. 하지만 이제 나에겐 해야가 있다. 그녀가 가진 예술적인 매력은 앞서 만난 누구도 따라올 수 없는 것이었다.

　"또 누구를 만났는지 얘기해줘."

　"음, 서커스단 아저씨?"

　"좋아!"

　해야는 졸린 눈을 비비며 호응했다. 나는 해야에게 유랑 서커스단의 대원 한 명을 만난 이야기를 해주었다. 그를 만난 곳은 작은 분수가 있는 공원이었다.

한적하기 짝이 없는 평일의 공원 광장. 벤치에 앉은 몇몇 백수나 노인만이 사람들이 던져주는 먹을 것에 길들여진 비둘기들을 초점 없이 바라보고 있을 뿐이었다. 광장의 중앙에는 회색 대리석으로 만든 조형물에서 분수가 솟아나고 있었다. 물은 가장 높은 곳에서 분출해 미끄러지듯이 조형물의 외관을 타고 흘러내렸다. 바로 그 분수 앞에서 하얀 분을 뒤집어쓴 신사가 미동도 하지 않은 채 포즈를 취하고 있었다. 그의 재킷과 구두는 원래 흰 것 같지 않아 보였는데 그의 얼굴을 뒤덮은 것과 같은 가루로 빽빽이 위장되어 있었다. 그는 행위예술을 하는 것 같았지만 사실 살아 있지 않은 것처럼 완벽하게 속이기에는 분장이 미흡한 것 같다고 생각했다. 하지만 그것을 굳이 말할 필요성은 느끼지 못했다.

그의 지루한 공연은 오랫동안 계속되었다. 슬슬 그곳을 떠나고 싶은 마음이 들 때 나는 그가 움직이는 모습을 한번 봐야겠다고 생각했다. 난 신사에게 말을 걸었다.

"안녕하세요?"

그러자 신사는 로봇처럼 본인의 모자를 들어 가슴팍까

지 내리면서 인사를 했다. 그리고 그대로 동작을 멈추었다. 뭔가 더 있을 줄 알았던 나는 흥미를 가지고 지켜보다가 다시 답답해졌다.

"아저씨?"

나는 신사에게 가까이 다가갔다. 그가 가슴팍까지 내린 모자 속에는 구겨진 지폐 몇 장과 동전이 들어 있었다. 나는 바로 이해했다. 지갑에서 동전 몇 닢을 꺼내 그의 모자에 집어넣었다. 그러자 신사는 덜컹거리기 시작했다. 그 모습이 마치 음료를 내보내기 위해 시동을 거는 자판기 같았다. 신사는 뒤돌아 공중제비를 도는 등 화려한 동작을 선보이더니 자신의 얼굴을 가렸다. 그다음 신사의 손이 펼쳐지자 그의 얼굴이 환하게 웃는 표정으로 바뀐 채 드러났다. 익살스러운 신사의 표정을 보며 웃음이 나왔다. 나는 박수를 쳤다. 그가 휘파람을 불자 그의 어깨 위로 비둘기가 한 마리 올라왔다. 벤치 앞에서 빵 조각을 찾아 서성이던 것 중의 하나였다.

"안녕?"

그의 어깨에 올라탄 비둘기가 말을 했다. 나는 다른 새도 아니고 비둘기가 말을 하는 것에 상당히 놀랐다. 비둘기 묘기는 마술사의 모자에서 날아가는 정도라고나 생각했지 애초에 이런 종류의 훈련을 시켜서 될 조류가 아니었기 때문이다.

"왜! 놀랍? 놀랍?"

신기해서 가만히 굳어버린 내게 비둘기가 직접 말했다. 가만 자세히 보니 비둘기와는 모양이 조금 달랐다. 그것은 신사와 같이 하얀 분으로 변장한 새였다. 앵무새나 다른 비슷한 것이 분명했다. 나는 맥이 빠졌다. 이건 신사에게 말할 필요가 있다고 판단했다.

"아니네요. 비둘기인 줄 알았어요."

그도 자신의 비밀이 쉽게 들통난 것에 맥이 빠지는 표정을 지으며 말을 했다.

"그래. 비둘기가 어떻게 사람 말을 하니. 내 쇼는 여기까지야. 다른 걸 보고 싶다면 돈을 더 내렴."

나는 지갑을 열었다. 그중 가장 낮은 단위의 지폐를 한 장 꺼내서 그의 모자 속에 넣었다. 그러자 그는 신사답게 고개를 숙여 감사를 표했다.

"당신은 예술가인가요?"

뻔히 행위예술을 하고 있는 그에게 난 질문했다. 그는 나를 위해 뒤에 있는 외발자전거를 꺼내려다가 대답했다.

"난 예술가지. 몇 주 전까지는 유랑 서커스단에 있었어. 우린 전국을 누비며 자동차 대신에 코끼리를 타고 원숭이들과 저녁을 같이 먹었단다. 행복한 직업이었어. 다만 운이 조금 안 좋았던 거야."

"왜요?"

"망할 단장이라는 놈이 동물들을 몰래 다 팔아버렸지. 그의 아내가 병에 걸렸거든. 사정은 딱하다만 그 때문에 우린 모두 일자리를 잃어버린 거야. 너도 알다시피 서커스는 이제 어디에도 없잖아. 우리가 유일했어."

그는 모자를 벗고 분수 조형물의 난간에 앉으며 말했다. 벤치에 앉아 있던 구경꾼들마저 자리를 뜨자 더 이상 동작을 취할 이유가 없어진 것 같았다. 지금 그의 손님은 오직 나뿐이었다.

"단장이라는 사람이 사기꾼 같았나 보네요."

"오, 아니야. 우리들 외에 누구도 그 양반을 욕할 순 없어. 그에겐 살려야 할 가족이 있었어. 가족이 있는 사람이라면 그의 사정을 이해할 수 있을 거야. 나라도 그랬겠지."

그의 말은 맞았다. 하지만 그에게서 느껴지는 분위기는 어딘가 불안정하고 오락가락하는 것 같았다.

"그럼 단장은 진정한 남편이자 아버지였네요?"

"그런 셈이지만, 그 탓에 우린 뿔뿔이 흩어져서 이 신세란다. 망할 단장 자식. 어떻게 사랑스러운 샘과 포키를 팔아버릴 수가 있지? 그 친구들은 우리의 가족이었다고! 아무리 조카의 학비가 급했다고 해도 말이야."

"아까는 아내가 병에 걸렸다고 하지 않았나요? 그리고 동물이 없어도 아저씨와 친구들이 가진 재능으로 충분히 사람들을 즐겁게 해줄 수 있잖아요."

신사와 나 사이에 순간 정적이 흘렀다. 신사는 멀뚱한 표정으로 말했다.

"내가 그랬니?"

그는 고장 난 자판기처럼 덜컹거렸다. 그러고는 벌떡 일어나더니 내가 공원에 왔을 때 취하고 있었던 포즈로

돌아갔다. 나는 서둘러 지갑을 꺼내 남은 동전들을 신사
의 모자 속으로 털어넣었다. 그는 다시 덜컹거렸는데 그
속도가 처음보다는 많이 느렸다. 그가 나와의 대화를 피
하려 한다는 것이 느껴졌다. 신사는 목을 가다듬고 휘파
람을 불었다. 위장 비둘기가 그의 어깨 위로 안착했다. 나
는 수상한 신사에게 물었다.

"앞으로 아저씨는 뭘 할 건가요? 아저씨의 꿈은 뭐죠?"

나의 질문에 비둘기가 대신 대답했다.

"왜! 놀랍? 놀랍?"

"아저씨에게 예술은 뭐죠? 내가 생각하는 것과 다른
것 같아서요."

신사는 입을 다물고 조금 화가 난 표정을 지었다. 비둘
기도 더는 말을 하지 않았다.

"친구야, 나도 네 나이로 돌아가고 싶구나. 그럼 뭐든
시작했을 텐데. 너도 현실을 경험하면 알게 될 거야. 꿈은
서커스에서 쓰는 붉은색 커튼과 같다는 걸. 화려하고 잘
찢어지지도 않지. 하지만 현실이라는 창문을 가리고 있기
때문에 언젠가는 그것을 옆으로 걷어야 하는 날이 오고

만단다. 밤이 되면 다시 그것으로 창문을 가리고, 지쳐 울든 꿈을 꾸든 맘대로 해도 돼. 하지만 아침이 오면 다시 걷어내는 거야. 우린 꿈보다 하루를 살아야 하니까. 지금 나에겐 비둘기, 자전거 그리고 모자밖에 없어. 그리고 네가 준 돈으로 햄버거를 먹을 예정이지. 고맙구나."

신사는 외발자전거에 몸을 싣고 공원 외곽으로 사라졌다. 그를 지나치는 사람마다 그에게 박수를 보냈다. 난 발걸음을 옮겼다. 그가 가진 재능과 웃음이 아까웠다. 조금 더 근사한 그만의 무용담을 기대했던 건 나의 욕심이었던 걸까.

"그게 뭐야!"

교훈 없는 신사와의 이야기를 듣고서 해야는 어이가 없다는 표정을 지었다.

"나도 알아. 별로 재미없는 얘기였지? 나도 그 아저씨가 흥미로운 직업을 갖고 있음에도 그에게서 전혀 흥미를 느끼지 못했어. 어떻게 그럴 수 있을까?"

"그는 널 위한 공연을 하고 싶은 게 아니었던 것 같아.

햄버거를 먹고 싶었던 거지."

　그다음 나는 해야에게 여행 중 내가 만났던 아주 멋진 사람에 대한 이야기를 들려주었다. 해야는 아까보다 더 졸린 눈을 깜빡이며 천장을 응시하고 있었다.

　아메리카노 한 잔을 시켜놓고 창밖의 거리를 구경한 지 몇 시간이 지났다. 아침부터 온 폭염주의보 문자에 아무것도 하지 않기로 결정한 날이었다. 머물고 있던 민박집에 에어컨이 나오지 않는 게 문제였다. 나는 더위로부터 목숨을 부지하기 위해 가장 얇은 옷만 입은 채로 근처 카페에 와 있었다. 카페 앞의 차도는 마주 보는 두 대의 차가 서로 겨우 비껴갈 수 있을 만한 좁은 너비였다. 나의 눈동자가 따라다니고 있는 건 밝은 유니폼을 입은 남성이었다. 그는 한 손에는 손잡이가 달린 쓰레기통을, 다른 한 손에는 집게(보다 좀 더 실용적으로 보이는 것)를 들고 돌아다니고 있었다. 환경미화원이었다. 그는 한 시간 전에 대형트럭에서 내려 전봇대에 쌓인 쓰레기 봉지들을 싣고 떠났었다. 내 눈에 띈 건 그 이후였다. 트럭과 함께 떠난 그를 떠올리며 환경미화원이란 직업에 대해 여러 생각을 하던 중 그가 다시 거리에 모습을 보인 것이다. 대형트럭 없이 두 손에 도구만 챙긴 모습이었다. 쓰레기 봉지가 사라진 거리에 다른 지저분한 것은 없는 편이었다. 그럼에도 불구하고 환경미화원은 근심 어린 한숨을 내쉬었다. 그는 눌러 쓴 베레모 아래로 멋진 구레나룻을 길렀는데 내가 본 수염 중 가장 잘 어울리는 것이었다.

나는 다 마신 커피의 남겨진 얼음을 달그락거리며 과연 그의 근심거리가 무엇인지 찾아보았다. 두 번 살펴보아도 거리는 깨끗했다. 그는 긴 다리로 성큼성큼 걸어 초록색 지붕의 작은 빌라 문 앞에 섰다. 미화원이 집게를 들어올리자 그제야 그 앞에 박스 하나가 놓여 있다는 것을 알아챘다. 그는 집게로 박스 안에서 길고 더러워 보이는 것을 조심스럽게 꺼내들었다. 흡사 검은색 양말들이 꼬리에 꼬리를 물고 이어져 있는 것 같았다. 나는 딱 보고 그것이 뭔지 알 수 있었다. 그건 이웃들의 죽은 감정이었다. 나는 속이 메스꺼워지는 것을 억지로 참아야 했다. 수염의 남성은 코를 찡그리며 양말들을 자신의 쓰레기통으로 던져 넣었다.

　나는 그가 이곳에 다시 온 이유를 알게 되었다. 이 거리를 가득 메운 '죽은 것들'을 볼 수 있게 되었기 때문이다. 나는 좀 더 그의 모습을 지켜보았다. 그는 더운 날씨에 땀을 뻘뻘 흘려가며 일을 했다. 순간순간 베레모를 벗는 그의 모습을 목격했을 땐 생각했던 것보다 젊은 얼굴에 깜짝 놀라고는 했다. 어떤 사람들은 보란 듯이 그를 지나치며 다 먹고 남은 아이스크림의 막대기 따위를 거리에 버리기도 했다. 그는 막대기와 함께 떨어진 '깔보는 마음'이라는 쓰레기를 함께 치워 담아야 했다. 난 관자놀이가 욱신거리도록 화가 치솟았다. 정원의 울타리에서는 '존중 없는 배려'가 나왔고 담벼락 뒤에서는 '악의 없는 욕'이 나왔다. 건너편 빵집 앞에서는 '이기적인 마음'이 나왔는데 그것은 너무 무거워서 혼자 힘으로는 주워 담을 수 없을 정도였다. 나는 그를 도와주기로 마음먹고 카페를 나섰다.

　"도와드려도 될까요?"

　미화원은 나를 보며 조금 놀라더니 이내 부드러운 미

소를 지었다.

"그래준다면 정말 고마울 거예요."

나는 '이기적인 마음'을 그와 함께 나눠 잡고 들어올렸다. 어찌나 무거운지 허리가 휘어질 뻔했다. 그의 좁은 쓰레기통으로 꼭 타이어같이 생긴 이것을 집어넣는 것 또한 고비였다. 미화원과 나는 낑낑대며 그 일을 해냈다. 나는 거리에 앉아 숨을 몰아쉬었다. 그는 오래 이 일을 해온 덕인지 그다지 힘들어 보이지 않았다. 그는 손수건을 꺼내 자신의 손을 닦고서 내게 악수를 청했다. 난 힘차게 그의 손을 잡았다. 그에게 나의 이름을 알려주었다.

"좋은 이름이군요. 내 이름은 보배라 해요."

카페에서 벗어나자마자 등을 쿡쿡 찌르는 듯한 더위가 실감났지만 그의 앞에서 내색할 순 없었다. 그가 온 세상 쓰레기를 다 수거할 생각인지 땀으로 중무장을 한 꼴이었기 때문이다. 하지만 그의 기품 있는 수염만큼은 흐트러짐 없이 햇빛에 반짝였다. 그에게 물어보고 싶은 것들이 많아졌다. 그때 그가 먼저 나에게 말했다.

"치우고 치워도 끊임없이 나오는 게 쓰레기예요."

그는 자신이 들고 있는 쓰레기통을 가리키며 말했다.

"시원한 아이스크림을 먹고 더위에서 벗어날 수는 있지만 그 대가로 나무 막대기가 쓰레기가 되어요. 그건 어쩔 수 없지요. 이익을 위한 안타까운 현실쯤이라 해둘까요? 그게 쓰레기가 어디든 존재하는 이유랍니다."

"그럼 보배 씨는 이 일을 하는 이유가 뭐예요? 치워도 치워도 쓰레기는 사라지지 않을 텐데요?"

"내 꿈은 세상을 행복하게 하는 일이에요."

보배 씨는 내 눈동자를 바라보았다. 눈동자 그 자체가 아닌 나의 생각을 읽기 위한 시선인 것 같았다. 그는 다시 온화한 미소를 지으며 몸을 뒤척였다. 그의 큰 바지 주머니에서 비타민 음료수 두 캔이 나왔다. 그가 나에게 한 캔을 권했다.

"잘 마실게요."

"어릴 때부터 꿈이었어요. 그땐 어른들이 아주 예쁜 꿈이라고 칭찬해주었죠. '넌 꼭 세상을 행복하게 하는 아이가 될 거야!'라고요. 모두가 나의 꿈을 응원해주는 것 같았어요. 그런데 내가 청소년이 되었을 때 그들의 표정이

변하더군요. 그들은 이렇게 말했어요. '그건 별로 중요하지 않아. 그 대신 이번 시험을 아주 잘 봐야 할 거야. 그렇지 않으면 그게 널 불행하게 만들 거거든.' 그땐 내 꿈을 잠시 접고 공부를 할 수밖에 없었어요."

나는 그의 이야기를 들으며 어른들을 이해할 수 없었다. 어째서 그의 멋진 꿈을 인정해주지 않았을까. 허황되어서? 구체적이지 않아서? 그것을 위해 작성해야 할 이력서의 양식과 절차를 만들기가 애매해서? 만약 어떤 회사에서 세상을 행복하게 하기 위해 필요한 직원의 조건을 따진다면 어떨지 상상해보았다. 성별, 키, 옷차림. 사실 보배 씨는 합격할 만한 조건을 갖고 있었지만, 그건 너무 멍청한 종이 쪼가리일 것이었다.

"세상을 행복하게 한다는 건 정말 위대한 꿈이에요, 보배 씨. 어떡하면 그 꿈이 이루어질까요?"

"행복의 가치는 모두에게 다르지요. 누군가에게는 사랑이 될 거고 누군가에게는 재산이 될 거예요. 몇십억 명이나 되는 사람들의 조건을 충족시키는 건 불가능하답니다. 그래서 긴 고민 끝에 이 일을 선택한 거예요. 남들이

하지 않는 걸 하는 것. 하지만 세상을 위해 꼭 필요한 것. 내가 없다면 이 전봇대는 쓰레기에 깔려 진작 무너지고 말았을 겁니다. 이 동네는 악취로 가득 찰 것이고, 소중히 생각하는 집값이라든지 그런 것들은 바닥을 칠 거예요. 하지만 난 그들이 소중하다고 생각하는 것보다 더 소중한 것들을 지켜주고 있어요."

나는 그의 이야기를 들으며 가슴이 벅차올랐다. 자신이 곧 예술이 되는 사람에게는 세상을 바꾸는 힘이 있다고 말했던 드러머의 말이 생각났다.

"난 이 동네 사람들이 매일 걸어다니는 길을 청소해요. 그들은 자신이 아침에 길바닥에 껌 포장지를 버렸다는 사실을 저녁이 되어 집에 돌아오는 길에는 까먹고 말아요. 왜냐하면 내가 이미 치웠으니까요. 자신이 버린 포장지와 마주칠 일도 없었을 거고 그래서 다시 기억할 일도 없는 거지요. 마찬가지로 그들은 아침에 출근하면서 남편을 향한 분노 따위를 집 앞에 버리고 가요. 어떤 날은 학교에서 들고 온 시기와 질투 같은 것도 있지요. 나는 그들이 그렇게 표출해버리고 아무렇게나 던져놓은 것을 주워 담습니다. 그럼 그들은 그 길을 지나면서 다시 같은 감정을 떠올리지 않게 되지요. 모든 걸 까먹은 채 집으로 들어가서 다시 예전같이 남편을 사랑해주는 거예요."

나도 그와 같은 꿈을 꾸고 싶었다. 이렇게 멋진 꿈이 그의 손을 통해서 실제로 이루어져 가는 과정을 보게 되니 가슴이 두근거렸다. 보배 씨는 다시 나의 눈동자를 바라보았다.

"'이기적인 마음'은 언제나 생길 수 있어요. 그것도 이익을 위한 안타까운 현실이라고 해둡시다. 하지만 당신은 그것을 아무 곳에나 드러내지 않음으로써 깨끗한 거리를 만드는 겁니다. 이렇게요."

보배 씨는 옆에 있는 담배꽁초를 주워 가볍게 그의 쓰레기통으로 골인시켰다. 그러고는 온화한 미소를 지었다.

트리에 두른 장식 조명들이 일정한 패턴으로 변화하며 깜빡거렸다. 마침내 완성한 것이다. 새벽 2시 반이 다 되어가는 시간이었다. 나는 이야기를 듣다 잠이 든 해야를 조심스럽게 들어 올려 침실에 눕혀주었다. 곤히 감겨 있는 그녀의 눈꺼풀이 눈에 띄었다. 그녀를 만나 다행이라고 생각했다. 그러지 못했으면 난 이 마지막 여행 이후로 음악을 하지 않을 것이었다. 음악가보다 환경미화원이 더 멋있다는 생각을 하고 있었기 때문이다. 해야는 나의 음악에서 결핍된 자리를 정확히 채워주고 있었다. 그녀가 나의 음악이었다. 그녀의 말과 생각은 나를 번뜩이게 만들었다. 무엇보다 형용할 수 없을 만큼 매력적인 그녀였다.

트리의 불빛을 가만히 멍 때리며 보고 있으니 옛날 생각이 났다. 어릴 때 산타의 선물을 기다리며 깨어 있으려 노력했지만 이내 잠이 들었다. 잠에서 깨어나자마자 트리 앞으로 달려갔을 때 선물이 놓여 있지 않은 날에는 슬픔이 이만저만이 아니었다. 자전거, MP3…… 받고 싶은 것을 적은 쪽지만 덩그러니 장식 구슬에 붙어 있을 뿐이었다.

이번에도 그때처럼 잠을 자고 싶지 않은 밤이었다. 눈을 뜨면 모든 게 꿈처럼 사라질까 봐. 나의 한겨울 선물이 되어준 그녀가 사실은 산타처럼 실존하지 않는 인물일까

봐. 오늘 밤만큼은 해야와 함께 누워 그녀가 떠나가지 않
도록 꼭 붙잡고 있고 싶었다. 나는 트리 앞에서 무릎을 꿇
고 간절히 기도하기 시작했다. 크리스마스가 오게 해달라
고. 너무 당연해서 의식하지도 못했던 일용할 공기는 이
순간 내게 당연하지 않았다. 만일 내가 잠들고 있는 사이
에 비행기가 이 호텔 위로 떨어진다면? 만일 내일이 영영
오지 않는다면? 난 해야를 다시 볼 수 없게 될 끔찍한 시
나리오 속에서 더 간절하게 기도했다.

▽

▽

▽

▽

▽

▽

▽

▽　　　　　항 해

▽

▽

▽

▽

▽

▽

항
해

"미안 미안, 늦었다!"

약속된 마지막 인원이 종소리를 울렸다. 현오 씨는 동네에서 꽤나 규모 있는 레코드점을 하고 있는 중년 남성이다. 나의 음악을 가장 먼저 알아봐준 사람이기도 하다. 나는 그를 맞이하기 위해 자리에서 일어났다.

"와줘서 감사해요."

"음악을 듣고 안 올 수가 있어야지."

현오 씨는 어릴 적부터 스타 뮤지션을 꿈꾸었다. 한동

안 이름 있는 기획사의 오디션을 전전하기도 했다. 하지만 그의 열정만큼 따라주지 않는 게 현실이었다. 대신 그는 상당한 리스너였는데 자신도 그 재능을 뒤늦게 깨닫고 레코드점을 차리게 되었다. 현오 씨가 만든 음악을 듣는 것은 고역이어도 그가 듣는 음악은 누구나 즐겁게 들었다. 그는 본인이 인정하는 가수들과 존경하는 뮤지션들의 앨범, 레코드판을 모아서는 팔기 시작했다. 이것은 그에게 성공적인 사업이 되었다. 왜 진작 본인의 음악을 냉정하게 평가할 수는 없었는지 의문이었다.

현오 씨는 나의 음악을 칭찬했다. 인스턴트 음악들과 다르게 알맹이가 있다는 것을 강조했다. 이 말을 하는 그의 눈동자는 항상 빛이 났다. 마치 자신의 못 이룬 꿈을 나를 통해 다시 꿀 기세였다. 현오 씨가 며칠 동안 이상한 행동을 보인 적이 있었다. 그는 몹시 들떠 보였고, 시도 때도 없이 무언가를 중얼거렸다. 그런데 머지않아 그를 통해 현실성 없는 일이 일어나고 말았다. 그가 사실은 그동안 나의 작업물들을 여러 기획사에 돌려보았는데 몇몇

곳에서 나와 만나보고 싶다는 연락을 취했다는 것이다. 나는 이것이 굉장히 과장스럽고 말도 안 되는 일이라고 생각했다.

"선아, 넌 이제 뭘 해도 돼! 내가 알아본 놈이니까."

나는 갑작스러운 그의 발표에 당황스럽고 어리둥절했지만, 그동안 현오 씨가 본인의 것도 아닌 것을 향해 쏟은 열정을 알았기 때문에 감정을 숨기려고 애썼다. 음악을 인정받는다는 사실은 기분 좋은 일이었다. 알 수 없는 두근거림과 당장 무슨 큰일이라도 벌어질 것 같은 두려움이 동시에 심장을 조여왔다.

그는 저녁 식사에 나를 초대했다. 하루 종일 휴대폰만 붙잡고 있는 그였다. 식사를 하는 중에 그의 연락처로 한 통의 전화가 걸려왔다. 아마 그는 오늘 약속된 연락이 올 것을 미리 알고 나에게 거짓이 아님을 확인해주려는 식사 자리를 마련한 것 같았다. 그는 이런 연락에 살짝 싫증이 난 척 까다로운 어투로 전화를 받았다. 그러고는 연락이 끊긴 걸 확인하자마자 돌변해서 껄껄 웃어 보였다. 그러고는 점점 더 크게 웃고 마침내 입 안의 음식을 다 보이며 미친 사람처럼 크게 웃어대기 시작했다. 그는 내게 흥분조로 외쳤다.

"너 인마! 정말 대단한 놈이구나? 널 스카우트하려고 난리다. 푸하하! 더 대단한 걸 알려줄까? 유명 기획사에서 오디션을 보러 와달라는 연락이 왔어! 너 인마 대단한 놈, 여긴 내가 대차게 까인 곳이야!"

그는 마치 승리한 듯 웃어 보였다. 자신을 차버린 전 여자 친구에게 오랜 시간을 들여 복수를 계획했는데 그게 마침내 성공으로 끝난 것처럼 뿌듯함을 느끼는 것 같았다. 나는 그가 살짝 안쓰러우면서도 그의 기쁨을 함께 기뻐해주었다. 아니, 나의 기쁨을 그가 더욱 크게 느껴주었다는 게 맞는 표현이려나. 하지만 여전히 내 마음 속에는 어딘가 불안하고 불편한 구석이 있었다.

"정말 고마워요, 형. 저한테 이런 일이 일어났다는 게 놀라워요, 정말로."

현오 씨는 핸드폰을 잠시 내려놓고 양푼에서 스파게티를 한 접시 덜어 그 양 그대로 입 속에 넣었다. 그는 잠시 기다리라는 손가락 제스처를 취하고는 입에 있는 것을 다 씹고 난 후 말했다.

"당연하지. 꿈이니 희망이니 말들 많지만, 꿈을 이룬다는 건 어쩌면 비현실에 가까운 이야기거든. 근데 봐, 넌 주인공이 된 거야. 존 카니 감독이 다음 음악 영화의 주인공으로 너를 딱 캐스팅한 거지."

말을 마치고 그는 즐겁게 콧노래를 흥얼거렸다.

"하지만 형, 이건 제 꿈과는 살짝 다른 것 같아요."

고민하다가 그의 흥얼거림 중간에 끼어든 나의 말에 그는 다음 소절을 부르려다가 멈추었다. 나는 그의 기대감이 더 부풀기 전에 말해야겠다고 판단했다.

"음악도 하고 너의 이야기도 하면서 돈도 많이 벌고 유명해진다면…… 아무튼 좋은 거 아니겠니?"

나의 이야기를 듣고 현오 씨가 당황을 감추지 못하며 대답했다. 납득이 되지 않는 표정이었지만 최대한 이해하려고 애쓰는 게 보였다. 이해시켜 달라는 몸짓이었다. 그는 정말 좋은 사람이었다.

"형, 저는 무대를 찾아다니는 삶을 살지 않을 거예요. 그건 미안하지만 제 꿈이 아닌 것 같아요. 난 나를 위해 노래를 만들고 부를 거예요. 때로는 모르는 사람들이랑 밴드를 할 거예요. 그건 여행이겠죠? 음, 전 여행을 하고 싶은가 봐요. 가끔 남들이 듣고 감동해준다면 그걸로 큰 기쁨을 얻을 수는 있을 것 같아요."

현오 씨는 듣는 내내 미동도 없이 깊은 생각을 하더니, 몇 가지 질문을 던지고는 그에 대한 대답을 듣는 동안에도 깊은 생각에 빠졌다. 그는 자신의 역할은 여기까지인 것 같다며 두 팔을 벌리며 한숨을 던졌다. 아무렇지 않은 척하는 그의 표정에도 큰 아쉬움이 묻어났다. 그는 비현실적으로만 느껴졌던 꿈이 이뤄질 수 있다는 기분을 알게 해주어 고맙다고 말했다. 나는 도리어 내가 더 감사하다고 대답했다. 정말 고마웠다.

"그래서, 어디까지 말했지?"

현오 씨는 이 자리에 꼭 필요한 사람이었다. 그는 나에게도 대중적인 성공의 기회가 있다는 것을 증명해주었고, 그 사실이 그동안 내 마음 속에 자신감을 심어준 건 사실이었다. 현오 씨처럼 나의 음악에 이토록 확신을 가지고 자신의 것처럼 반응했던 사람은 찾기 힘들 것이다. 나는 이야기를 이어가기 전에 현오 씨를 향해 웃어 보였다. 그러고 난 후 기타리스트의 재촉에 응답했다.

"그녀와는 점점 더 깊은 관계가 되었어요. 그녀와 보낸 시간들은 내가 그녀를 위해 살아갈 다짐을 하게 해주었어요. 그리고 우리는 훌쩍 떠났죠. 내가 떠나자고 했어요. 나는 항상 그녀를 데리고 어디론가 훌쩍 떠나야 할 것만 같았어요. 아무것도 방해받지 않는 곳으로. 그녀의 열정과 꿈을 비웃고 무시하는 것들로부터. 어쩌면 내 욕심이었는지도 몰라요. 그녀는 늘 아무 말도 하지 않았거든요. 항상 나는 질문하고 그녀는 대답했어요. 그녀가 떠나기 며칠 전까지 우린 드라이브를 하기도 하고 갈대밭에 들어가 헤집고 달리면서 거대한 그림을 그리기도 했죠. 떠나오길 잘했다는 생각을 했어요. 그녀가 주어진 모든 것을 즐기는 모습이 동물원에서 해방된 자유로운 사자 같았으니까요."

벌거벗고 뛰어다녔다는 말은 하지 않는 게 좋을 것 같았다. 이 말을 이해시키려면 훨씬 더 많은 이야기를 해야

했다. 나는 아직도 그때 그 장면 장면이 생생하게 떠오르
는 것을, 그때의 바람, 그때의 온도가 피부에 와닿는 것을
느꼈다.

⌂ ⬟ ◎ ◆ ⅹ 〔 〕 ∥ ∩ ∧ ◇ ◇ ∨ ⌂

▽

▽

▽

▽

▽

▽

▽

▽

▽   Freedom 2

▽

▽

▽

▽

▽

　　　　　　"이게 뭐야!"

　　해야는 옷을 갈아입기 위해 캐리어를 뒤지다가 무언가 발견하고 한바탕 웃어댔다. 그녀가 꺼내든 것은 헐렁한 죄수복 상·하의 세트였다.

　　"이제야 발견했네! 어서 입어봐."

　　그녀를 위한 작은 이벤트를 꾸몄다. 며칠 전 상가 쪽을 지나치는데 눈에 띈 코스프레 의상이 있었던 것이다.

　　해야는 신이 나서 허겁지겁 옷을 갈아입었다. 나도 벌

떡 일어나 그녀의 템포에 맞추어 서둘러 옷을 갈아입었다. 해야의 것은 상의가 너무 큰 탓에 그녀의 무릎까지 내려와 원피스처럼 보였다.

해야는 흡족한 듯 빙빙 돌며 자신의 옷을 확인하더니 그르렁대는 소리와 함께 마무리 포즈를 지었다. 나도 죄수복을 다 입고 그녀를 잡아먹을 듯한 표정으로 같은 동작을 취해주었다. 그러자 그녀가 행복한 웃음을 터뜨렸다. 나도 함께 웃지 않을 수가 없었다.

"선아, 이 차림이라면 아무것도 안 하고 길거리를 걷는 것만으로도 자유로운 기분이겠다."

"바로 그거야!"

"빨리 나가고 싶어 죽겠어!"

묘한 기류가 흘렀다. 우리는 장난기 넘치는 눈빛을 주고받고서 누가 먼저랄 것 없이 밖으로 뛰쳐나갔다.

해야와 함께 방을 뛰쳐나간 그 순간, 우리의 방 안에 만들어져 있던 숲이 복도 밖으로 넘쳐 나왔다. 금빛 거울에 열매가 맺히고 레드카펫에 풀 냄새가 진동을 했다. 호텔은 순식간에 정글이 되었다. 해야와 나는 타잔과 제인처럼 그곳을 누비며 달렸다. 호텔 밖으로 나가자 우리의 차림에 모든 이목이 집중되었다.

"정말 죄라도 지은 것처럼 긴장돼. 우리 잡혀가면 어떡해?"

"걱정 마. 네가 너무 예뻐서 쳐다보는 거니까."

내 말에 해야는 인상을 찡그리다가 그르렁대며 내 목덜미를 물었다. 꽤 아프게 깨문 것을 보아 그녀가 심하게 몰입한 것 같았다. 해야가 긴 소매로 입을 닦으며 물었다.

"근데 우리 어디 가?"

"글쎄, 갈 때까지 가보다가 길을 잃으면 경찰차 타고 돌아오자."

해야는 우리의 복장을 보란 듯이 두 팔을 내밀며 콧방귀를 뀌었다.

"말이라고 해?"

그녀에게는 말하지 않았지만 사실 곧 도착할 예정이었다. 열심히 뛰어다니느라 못 느끼다가 슬슬 겨울바람이 실감날 때쯤 우리는 목적지에 다다랐다.

"여기야?"

나는 그녀의 앞으로 가 등을 내어주며 구부정한 자세를 만들었다. 해야는 어리둥절한 표정으로 멀뚱히 서 있었다. 우리가 도착한 곳에는 차도를 중심으로 두 개의 횡단보도가 길게 사다리꼴 모양으로 만들어져 있었다.

"자, 빨리 업혀."

"이게 뭔데?"

나는 고개를 돌려 그녀를 보았다.

"세상에나!"

해야는 상상도 못 했다는 듯이 입을 벌렸다. 곧장 웃음을 터뜨릴 것 같다가도 울음을 터뜨릴 것 같았다. 무엇이 먼저 터질지 가늠이 되지 않는 표정이었다. 바닥에 몸을 낮추고 그녀에게 등을 내민 줄무늬 죄수복 차림의 나는 영락없이 얼룩말처럼 보일 것이다. 그녀가 나를 사랑하는 것보다 바다를 더 사랑한다면, 그녀의 바다가 될 방법을 고민했다. 내가 그녀의 소원이 되고 싶었다. 소원을 이뤄주는 것으로는 성에 차지 않았다. 그녀가 얼룩말을 소원한다면 내가 그녀의 얼룩말이 되어 그녀가 날 원하게 할 것이다. 나는 해야를 들쳐 업었다. 마침 첫 번째 신호등의 불이 바뀌었다. 해야의 두 팔이 나의 어깨를 감쌌다.

"출발한다?"

"멍청이 같아."

해야는 그제야 자신이 어떤 말도 안 되는 소원을 빌었는지 깨닫고는 실소를 터뜨렸다. 그녀의 웃음에 추진력을 얻은 얼룩말은 콧김을 강하게 한 번 내뿜었다. 어쩌면 이것은 그녀와 만드는 또 하나의 작품. 또 하나의 서랍. 또 하나의 바다.

"여기 봐요! 자유로운 야생 얼룩마의 횡단! 이렇게 멋진 작품이 또 어디 있어요!"

그녀가 가냘픈 목청으로 소리쳤다. 지나가던 사람들이 비웃기 시작했다. 그러나 우리 또한 웃을 수 있었던 건 우리는 알고 저들은 모르는 것이 있었기 때문이다. 저들은 우리 대신 우리를 촬영하고 이 순간을 목격한 증인에 불과했다.

"평생 그렇게 땅만 보면서 걸어라! 진짜 멍청이들아!"

하나의 보도를 건너며 수많은 적을 만들었지만 우린

죄수복을 입고 있었기 때문에 사실 더한 짓도 할 수 있었다.

"빨간불에 건너보자."

해야가 제안했다. 이곳은 차가 많은 도로였기 때문에 신호 준수가 잘 이뤄지던 곳이었다. 위험한 생각이었다.

"이 꼴로 진짜 경찰서 간다."

"봐봐, 첫 번째 신호등을 건너면서 느낀 게 있어."

나는 고개를 옆으로 돌려 그녀에게 귀를 가져다 대었다. 해야는 내 귀에 대고 아주 작게 자신이 느낀 것을 말해주었다.

"사람들은 긍정을 기다리고 원하면서 실상은 사소한 불만을 더 중요하게 생각해. 부정적인 것만 쫓아다닌다고!"

나는 갑자기 왜 그런 말을 하냐고 물으려다가 해야가 무엇을 어떠한 관점에서 보았는지 다시 한번 생각했다. 나는 마침내 해야를 이해할 수 있었다.

"좋아. 사람들은 파란불을 기다리면서 빨간불에만 모여 있어. 그러다가 막상 기다리던 파란불이 켜지면 다들 떠나간다 이거지?"

해야는 무시하고 계속해서 속삭였다. 그녀는 내가 풀어서 말하는 게 맘에 들지 않는 모양이었다.

"파란불은 자신이 주인공인 줄 알았는데 막상 자신이 무대에 오르면 아무도 없어."

"그럼 이번엔 파란불을 주인공으로 만들어주자."

때마침 파란불이 켜진 두 번째 보도에서 우리는 가만히 서 있는 것을 택했다. 대신 깜빡거리는 파란 신호등을 향해 해야가 박수를 쳤다. 나는 살짝 얼굴이 화끈거렸지만 그녀는 진지하게 이것이 우스운 상황이라고 생각하지 않는 것 같았다. 해야가 말했다.

"봐! 이제 끝나가."

지금껏 빨간불의 시간만 길다고 생각했는데 추위에 손과 다리가 꽁꽁 얼어버릴 정도로 꽤 긴 시간이 파란불의 무대였다. 이윽고 빨간불이 켜지자 보란 듯이 그곳을 떠나기 위해 걸음을 디뎠다.

"꽉 잡아."

차도에 경적과 급브레이크를 밟는 소리가 시끄러운 음

악처럼 들려왔다. 그들의 화가 난 외침이 등을 떠밀 듯이 조급하게 했지만 나는 걸음 하나하나에 신경 쓰며 더욱 천천히 걸었다. 해야가 희열에 가득 찬 환호성을 질렀는 데 그와 동시에 검은 승용차에서 험상궂은 아저씨가 내 렸다. 이건 느낌이 좋지 않았다.

"선아! 됐어, 됐어. 도망쳐!"

나는 해야를 등에서 내리고 그녀의 손을 잡았다. 그리 고 전속력을 다해 뛰었다. 이상하게 무섭지가 않았다. 나 쁜 짓을 할 때에 오는 긴장감과 희열이 아니었다. 뭐든지 할 수 있을 것 같았다. 앞에 무엇이 가로막든 무서울 게 없을 것 같았다. 나는 달리면서 얼룩말의 울음소리를 흉 내 냈다. 해야가 내 손을 잡고 뛰며 박장대소했다. 모든 걸 다 이룬 것처럼 상쾌한 목소리였다.

숨 쉬는 것 Freedom

날 보는 것 Freedom

날 사랑하는 것 Free, 알아가는 것 Freedom

노래하는 것 Freedom

춤추는 것 Freedom

내 편이 되는 것 Free, Anti also free

▽

▽

▽

▽

▽

▽

▽

▽

▽

▽   정 원

▽

▽

▽

▽

정
원

"해야."

"응?"

"넌 어디서 왔어?"

늦은 감이 없지 않지만, 생각해보니 그녀에 대해서 아
는 것이 많지 않았다. 난 해야에게 나의 모든 것을 말해주
었고 그녀는 나의 모든 것이 되었는데, 내가 그녀에 대해
아는 것은 그녀가 특별한 여자라는 것뿐이었다.

"알고 싶어?"

"아니, 별로."

사실 그런 것들은 중요하지 않다고 생각했다. 굳이 알려주지 않아도 함께한 시간을 통해 그녀가 어떤 사람인지 잘 알고 있었다. 나와 전혀 상관없는 그녀의 과거나 미래가, 나에게 그녀가 어떤 의미인지까지 바꿀 순 없었다. 그러나 해야는 대답이 맘에 들지 않은 듯했다.

"왜!"

그녀는 버릇처럼 내가 귀여워하는 표정으로 화를 냈다. 나는 그녀의 머리카락을 쓰다듬었다.

"내가 상상하던 게 맞을 수도 있으니까."

해야는 의아한 표정을 지었다.

"그게 뭔데?"

"예를 들어, 난 네가 바다에서 왔다고 상상을 해. 그럼 언젠가 다시 바다로 돌아갈 것 같단 말이야."

말은 하지 않았지만 신비한 그녀에 대해 얼마나 많은 상상을 펼쳤는지 모른다. 그중 가장 신빙성이 있는 것은 그녀를 처음 보았던 바다로 그녀가 다시 돌아갈 것이라는 상상이었다.

"왜 그런 상상을 해, 바보야."

해야의 눈에 무수히 많은 파도의 조각이 보였다. 그녀의 눈 안에서 또 다른 우리가 살고 있을 것 같았다.

"내가 여기서 왔다고 하면 믿을 거야?"

해야가 나의 가슴에 손을 올리며 말했다.

"아니면, 여기."

해야는 나의 가슴에서 손을 떼고 그 손을 다시 나의 머리에 대었다. 그녀의 눈동자 안에 들어 있던 색깔들이 사라지고 그 위에 내 얼굴이 비쳤다.

"내가 너에게서 왔으면, 선아? 그래서 만약 내가 사라져도 언젠가 다시 너에게 돌아간다면?"

오랫동안 정적이 흘렀다. 화로에 나무 장작이 타는 소리가 귀를 사로잡았다. 밤 10시의 호텔 로비는 죄수복을 입고 뛰쳐나갔을 때의 왁자지껄함과 차원이 다른 적막을 선사했다. 해야와 긴 소파에 앉아 불꽃이 튀는 소리를 듣고 있는 것도 파도 못지않게 서랍의 역할을 할 수 있겠다고 생각했다. 장작이 타면서 내는 '타닥' 소리를 멍 때리며 듣는 것도 마음을 편하게 만들었다. 어떤 것은 바늘같

이 날카로운 소리, 어떤 것은 문을 두드리는 것처럼 두근
거리는 소리. 나는 어깨에 기대어 막 잠에 빠지려고 했던
해야의 이마를 가볍게 두드렸다.

"똑똑."

그녀가 실눈으로 나를 올려다보았다. 나는 그녀의 손
을 잡고 내 가슴에 가져다 대었다. 불꽃이 튀는 것과 같은
소리가 이 안에서도 났다. 해야는 내 심장에 귀를 가져다
대었다.

"어라, 여기서도 장작을 때네?"

그녀가 잠이 오는 말투로 웃으며 말했다. 나는 그런 그
녀의 장난을 마냥 장난으로 받기 힘들었다. 정말 떠날 것
같은 그녀의 말에 괜히 심술이 났다.

"가끔 넌 정말 알 수 없는 말을 해. 사라지기는 어딜. 아
무 데도 못 가니까 그런 줄 알아."

나의 말에 그녀가 뾰로통한 표정을 지었다.

그녀가 부디 어렵지 않은 방식으로 말해주길 바랐다.
항상 이렇게 표현해온 해야지만 뭐든 과하면 의심을 사
기 마련이다. 나는 그녀가 사라지면 가늠이라도 할 수 있

게 적어도 그녀가 어디서 왔는지 정도는 알아야 했다.

"알고 싶어. 말해줘, 해야. 네가 어디서 왔는지."

나는 이 말이 그녀를 의심하는 것처럼 들리지 않게 말하려고 노력했다. 해야는 내 눈을 몇 초 동안 응시하더니 흔쾌히 알려주듯이 말했다.

"나는 갑판에서 왔어!"

진지하고 조심스럽게 물어본 나의 태도에 비해 그녀의 대답은 가벼웠다. 매일 알 수 없는 말을 하는 그녀에게 슬슬 짜증이 났다. 해야도 그것을 느낀 것 같다. 그녀는 억울한 말투로 말했다.

"선아, 네가 나를 살렸잖아. 나는 이미 그때 한 번 죽은 거야. 그리고 갑판에서 다시 태어났어."

"아니, 너의 고향 말이야. 배를 타기 전에 네가 있던 곳! 네가 자란 곳!"

해야는 다시 내 눈을 빤히 바라보았다. 그녀의 깊은 눈동자와 마주칠 때면 심장이 빠르게 뛰었다. 방금 내 목소리가 다른 때보다 조금 더 컸었나. 혹시 흥분한 것처럼 보였을까. 그녀의 눈동자 앞에서 나는 그녀를 처음 만났을 때처럼 다시 심연 속으로 가라앉았다.

　다음 날 해야가 운전대를 잡고서 호텔 밖을 나섰다. 평소와 다른 점이라면 그녀와 나 둘 다 말없이 창밖을 보며 드라이브를 하고 있다는 점이었다. 라디오에서는 잔잔한 발라드가 흘러나왔다. 우리의 두 귀는 라디오 외에 집중할 수 있는 게 없었다. 그렇게 꽤 오랜 시간을 이동했다.

　깜빡 잠이 들었다. 어젯밤 생각이 많아 밤잠을 설친 탓이다. 눈을 뜨자 차는 정차되어 있고 안에는 아무도 없었다. 여긴 어디고 운전석의 해야는 어디 간 걸까. 나는 휑한 들판에 덩그러니 남겨져 있었다. 주위를 둘러보아도 해야는 물론 사람 한 명 보이지 않았다. 가까운 곳에 꽃으로 둥글게 장식된 터널이 하나 보였다. 주변에서 유일하게 해야가 갔을 것이라고 예상 가능한 곳이었다. 차 문을 열자 칼바람을 예상했던 것과 달리 따뜻한 기운마저 느껴졌다. 나는 터널 쪽으로 발걸음을 옮겼다.

　새빨간 색깔을 가진 꽃과 열매들이 천장에 매달려 있

거나 양 옆에 삐쭉삐쭉 튀어나와 있었다. 터널의 바깥쪽부터 새빨간 화과들이 빼곡히 터널을 메웠다. 이렇게 강렬한 색은 태어나서 처음 보는 것이었다. 해야가 아름다운 이곳을 그냥 지나칠 리가 만무하다. 그녀가 이 안에 있을 것이라는 확신이 생겼다.

조금 더 들어가자 사람 한 명이 보였다. 사람은 나무 사다리에 올라타 꽃과 풀을 다듬고 있었다. 이곳을 정원이라 한다면 그녀는 정원사일 것이다. 나는 그녀에게 다가가 말을 걸었다.

"안녕하세요?"

곱슬머리의 정원사가 손질을 멈추고 나를 보았다. 그녀는 흰머리가 희끗희끗 보이고 주름이 점잖게 자리 잡은 여성이었다.

"혹시 검은 단발머리 여자를 보셨나요? 너무 까매서 누구나 알 수 있을 만한 검정색 단발머리요."

"아! 아까 이 정원을 지나갔어요. 저쪽으로요."

정원사가 가위를 든 손으로 가리킨 곳은 터널의 끝이었다. 터널은 안쪽으로 들어갈수록 더 많은 꽃으로 찬란하게 꾸며져 있었다. 터널 중간쯤부터는 빨간색이 아닌 샛노란 색깔들로 채워져 있었다. 노란색 끝부분에는 또 다른 색으로, 그 이후는 여기서 잘 보이지 않았다. 나는 정원사에게 고개를 숙이며 짧게 감사 인사를 하고 발걸음을 재촉하기 위해 몸을 돌렸다. 그때 그녀가 다시 말했다.

"해야를 찾는 거 맞죠, 청년?"

나는 깜짝 놀라 대답했다.

"해야를 아세요?"

"알다마다요. 해야는 이곳에서 자랐거든요."

나는 해야를 아는 사람을 발견한 것이 처음이라 놀랍고 반가웠다. 그보다 해야가 이곳에서 자랐다니. 처음 알게 된 그녀의 과거였다. 그녀에 대해 무언가 알 수 있을 것 같아 온몸이 두근거렸다. 정원사는 사다리에서 내려오기 위해 중심을 잡았다. 그녀의 발이 땅에 닿음과 동시에 키가 무척 작다는 것을 깨달았다. 곱슬머리의 정원사가 말했다.

"그 아이의 코가 작은 포도알처럼 탐스럽게 생겼죠?

저쪽의 보라색 울타리에서 열린 거예요. 앵두 같은 입술은 바로 이 빨간 화원이고요. 그 아이는 여기서 태어났어요. 매일 물과 햇빛을 주며 정성스레 돌본 아이지요."

그녀가 가리키는 곳을 쳐다보니 앵두 하나가 달려 있었다. 그 옆에는 복숭아가, 그 옆에는 모란꽃이 피어 있었다. 온통 빨간 열매와 꽃이었다. 그녀의 입술이 이곳에서 피었다고? 나는 고개를 휘저었다. 정원사가 하는 말 자체가 말이 안 되는 것이었다.

그녀가 나를 데리고 자리를 이동했다. 한참을 걷고 터널의 색깔이 두어 번 바뀌자 정원사는 발길을 멈추었다. 파란색 터널이었다. 어느 한 곳을 손으로 가리키며 그녀가 말했다.

"여기서 헬리크리섬이란 꽃이 피었어요. 아주 새하얀 색이었죠. 보다시피 주위에는 파란색 화과들뿐이랍니다. 아주 가끔 이런 일이 있어요. 자기 색깔과 다른 곳에서 피는 꽃."

정원사의 낯빛이 조금 어두워졌다.

"나는 그것을 잘라내는 일도 해요. 꽃이 아주 작아서

아픔을 느낄 줄 모를 때 말예요. 정원은 개성보다 조화의 아름다움이 더 큰 곳이니까요. 설령 꽃과 열매가 아무리 예쁘다고 해도 조화를 무시하고 열린다면 모난 돌처럼 취급될 뿐이에요. 하지만 난 하얀 꽃을 잘라내길 망설였어요. 그 정도로 아름다운 꽃은 처음 보았지요. 그 때문에 헬리크리섬은 몸통을 잘라내면 아픔을 느낄 만큼 커버렸고 시간이 지나면서 점점 더 아름답게 피는 그 꽃을 나는 사랑하게 되었어요."

정원사가 갑자기 이런 말을 하는 이유를 알 수 없었다. 해야를 아는 사람을 만난 것이 기뻤지만 정원사의 말은 믿기 힘들었다. 그저 한시라도 빨리 해야를 찾으러 가고 싶었다. 나는 정원사에게 조금 귀찮다는 듯이 비아냥거리는 투로 말했다.

"그럼 굳이 꽃을 잘라야 하나요? 조화라는 어이없는 명목으로 어린 꽃들에게 기회조차 주지 않는 거잖아요."

"어이없지 않아요. 정원이 생각하는 예술의 가치는 완벽한 조화에 있어요. 그러나 그 이유가 전부는 아니에요. 헬리크리섬처럼 특별한 자리에 핀 꽃들 대부분은 스스로 괴로워하다가 죽어요. 여기 있던 파란 꽃들은 하얀 꽃을 본 적이 한 번도 없었어요. 다르다는 이유만으로 주위의 꽃들이 하얀 꽃을 얼마나 따돌리고 무시했을지 생각해봐요. 특별한 꽃들은 매일 괴로움에 몸부림쳐요. 자신도 자신의 색깔이 틀렸다고 생각하니까요. 특별한 꽃들은 아무리 물을 주어도 그렇게 서서히 고통 속에 말라 죽어요. 나의 역할은 그런 꽃이 아픔을 느끼지 못할 만큼 작을 때, 태어나자마자 잘라주는 거예요."

"그럼 하얀 꽃도 결국 죽었겠네요?"

그게 그 꽃들의 운명인 것이다. 제자리에서 피었으면 남들과 같은 삶을 살았을 꽃인데. 나의 질문에 정원사는 미소를 지으며 말했다.

"내가 헬리크리섬을 기억하는 이유예요. 그 꽃은 별난 환경 속에서 당당하게 살아남았어요. 그 꽃은 자신의 가치를 알았어요. 자신의 아름다움이 그들의 잣대와 평가보다 뛰어나다고 생각했어요. 물을 듬뿍 마시고 하루 종일 햇빛과 대화했어요. 그리고 마침내 활짝 피어서 해야의 심장이 되었죠. 그 아이는 특별하답니다. 그건 그녀가 태어날 때부터 정해져 있었어요."

　그녀의 마지막 말에 아무런 말도 할 수 없었다. 정원사
는 그런 나를 보며 인자한 웃음을 드러냈다. 나는 내가 들
은 것을 믿어야 할지 혼란스러웠다. 만약 정원사의 말이
진실이라면 해야는 지금까지 많은 아픔을 견디고 이겨내
며 살아왔을 것이다. 그러나 거짓이라면? 내가 지금까지
경험으로 알고 있는 해야를 망쳐버리는 꼴이 된다. 정원
사가 해야를 알고 있는 것이 맞는지 시험해보기로 했다.

　"해야는 특별한 존재예요. 적어도 나에겐 그래요. 내가
경험했거든요. 정원사님은 해야를 누구라고 알고 계시
죠?"

　"해야는 한 권의 책이에요. 그녀의 시작과 결말은 정해
져 있는 거죠. 하지만 그녀가 그걸 의식하면서 따라가는
건 아니에요. 그녀가 순간순간 만들어나가는 게 곧 그녀
의 이야기인 한편, 자신이 결정적인 순간에 어떠한 역할
을 할지는 이미 결정이 끝났다는 거예요."

　정원사는 내가 늘 느끼고 있지만 정의할 수 없었던 그
부분을 가려운 곳 긁어주듯이 정확하게 이야기해주었다.

⌂ ⚘ ◎ ♦ ✕ { } ∥ ∩ ∧ ○ ◇ ∨ ⊡

그녀는 고개를 숙여 바닥에 떨어진 꽃 하나를 줍더니 다음 말을 이었다. 떨어진 지 얼마 안 된 것이었다.

"이 꽃은 어차피 시들어요. 바닥에 떨어져 시든 꽃과 로맨틱한 절정의 순간을 만들고 나서 시든 꽃은 의미가 다르죠. 그녀는 가장 멋진 결말을 아는 예술가예요. 파란 꽃들 가운데 핀 하얀 꽃처럼 그녀는 그걸 타고났거든요."

바로 그거였다. 주인공. 해야는 그런 사람이었다. 저마다가 자신의 삶의 주인공이라는 말이 있다. 하지만 세상에 하나의 책이 있고 그 책에 하나의 주인공만 필요하다면 해야는 그 역할의 적임자였다. 스스로 빛이 나는 사람. 그녀 옆에서 우린 그녀의 이야기를 완성하는 조연이었다. 이렇게 되면 만약 내 곁에 해야가 없더라도 큰 문제가 되지 않았다. 내가 등장하지 않을 뿐이지 그녀의 책은 계속 쓰여 나가고 있을 테니까. 내가 주인공이라면 문제가 될 테지만 그녀가 주인공인 이 이야기에서 나의 복잡한 감정은 독자들이 관심 없이 대충 넘기는 챕터처럼 중요하지 않았다. 이 때문에 항상 해야가 나를 사랑하는 것보다 내가 그녀를 사랑하는 마음이 더 크다고 느껴왔던 것일

지도. 아무렴 상관없다. 중요한 것은 내가 파란 꽃들 중에서 하얀 꽃인 그녀를 단번에 알아보았고, 그녀와 사랑을 했으며, 그녀가 주인공인 책에 가장 마지막까지 등장하는 조연일 것이다.

정원사가 물었다.

"그녀가 약속 같은 걸 하지 않던가요?"

"다시 돌아올 거라고 했어요."

나는 정원사에게 대답과 함께 인사를 하고 뒤를 돌았다. 순간 해야의 얼굴이 미치도록 보고 싶었다. 나는 뛰기 시작했다. 심장박동이 발을 내딛는 속도처럼 빨라졌다. 조금만 집중을 하지 않아도 발을 헛디딜 것처럼 전속력으로 뛰었다. 해야의 말대로 그녀를 만난 순간부터 모든 게 꿈일 수도 있다. 꿈이면 어떠하리. 현실보다 꿈속에서 살면 그것이 나의 삶이 되는 것이다. 말도 안 된다는 말이 생긴 이유는 그것을 눈으로 확인하지 못했기 때문이다. 나는 두 눈으로 모든 것을 똑똑히 보았다.

파란색 화원을 벗어나 보라색 화과들 속으로 들어갔다. 그다음은 분홍색 그리고 살구색, 연두색 등 저마다 존재해야 할 곳에 존재하며 평화로운 삶을 살고 있었다. 나는 계속 뛰었다. 이마에서 땀줄기가 흘렀다. 초록색, 청록색, 갈색. 나는 평화로운 정원들을 지나치면서 괜히 그곳에 핀 꽃과 열매들을 향한 미운 감정이 들었다. 빨리 지나치기 위해 속도를 올렸다. 검정색, 회색 그리고 가장 마지막으로 하얀색 정원이 등장했다. 달리는 방향 가까운 곳에서 합창 소리가 들렸다. 웅장하고 화음이 많은 노래였다. 달릴수록 하얀색은 하얀색이라기보다 빛에 가까운 색깔을 보였다. 이곳에 이름을 붙인다면 '빛의 정원'이었다. 형체를 알 수 없이 빛나는 열매와 꽃들이 입을 모아 환영의 노래를 불러주었다.

우리가 노래하듯이
우리가 말하듯이
우리가 예언하듯이 살길

∇

∇

∇

∇

∇

∇

∇

∇

∇

∇

∇   물 만난 물고기

∇

∇

∇

물 만난
물고기

고요한 부둣가. 앞으로 벌어질 일을 예고하듯이 맑은 하늘은 폭풍 전야의 징조였다. 아니나 다를까, 갈매기조차 한 마리 보이지 않는 하늘 저 멀리에서 조금씩 먹구름이 몰려오는 게 보였다. 작게 들어선 하얀색 집과 건물들에는 사람이 오랫동안 살지 않은 것 같았다. 갑자기 많은 양의 빛에서 벗어나면서 잠시 동안 앞을 볼 수 없었다. 나는 눈을 질끈 감고 비교적 어두운 이곳에 적응하길 기다렸다.

　얼마 후, 정원 끝에 내가 도착한 곳이 어딘지 알게 되었다. 나는 이곳의 사물들과 바다에서 희한한 점을 발견했다. 색깔이 없었다. 벽돌 담장도, 가로등도, 가로등에서 나오는 빛도 마찬가지였다. 해가 중천을 조금 넘어간 낮 시간인데도 어둡다고 느껴진 이유가 이 때문이었다. 눈을 비비며 조금 더 기다려봐도 색깔은 입혀지지 않았다. 온통 흑백 세상이었다.

　부둣가에 놓인 두어 척의 배들 중 가장 작은 나룻배, 그곳에 해야가 바다를 바라본 채로 앉아 있었다. 그녀의 검은색 머리는 흑백 세상에서도 유난히 돋보이는 검정색이었다. 반가운 마음이 넘쳐 당장이라도 달려가고 싶었다. 그녀의 이름을 부르고 싶었다. 하지만 그럴 수가 없었다. 남모르는 바다와 그녀 둘만의 시간이 굉장히 애틋해 보였기 때문이다. 나는 서 있던 곳에서 몇 발자국 물러났다. 내가 없이 혼자 바다를 보는 그녀의 모습. 그녀를 이렇게 멀리서 바라본 적이 있었는지 생각했다. 분명 해야가 맞는데 다른 사람인 것같이 어색하고 이질감이 느껴졌다. 정원. 꽃. 낯선 단어들이 그녀와 겹쳐 보였다. 나와는 다른 세상에 있는 것 같은 여자. 그녀를 더 알아가는 것이 두려웠다. 다가가면 다가갈수록 멀어지는 것 같았다. 나도 모르게 한 발자국 더 뒷걸음질 치다가 발을 헛디뎠다.

"앗!"

크게 내뱉은 나의 외침을 듣고 해야가 깜짝 놀라 뒤를 돌아보았다. 그때였다. 순간순간이 아주 느리게 보이기 시작했다. 머리카락이 날리면서 그녀의 얼굴을 감쌌다가 뒤로 펼쳐지는 순간도, 점점 올라가는 그녀의 눈썹도, 조금씩 반가움의 웃음을 짓는 그녀의 입꼬리도 내가 알던 그녀의 표정이다. 내가 경험하고 사랑했던 해야. 그녀가 어떤 존재이든, 내게 음악이 되어준 바로 그 여자였다. 완벽한 흑백 세상에 그녀의 눈동자부터 천천히 색깔이 입혀졌다. 색깔의 파장은 해야의 불그스름한 볼을 지나 민둥산처럼 고운 그녀의 어깨를 타고 내려갔다. 그녀가 밟은 땅의 풀들이 생기를 되찾았다. 그녀의 눈동자가 가로등의 불을 밝히고 바다가 바다다운 색깔을 갖추도록 지시했다. 세상이 이토록 아름다웠음을 이 순간 해야의 얼굴을 마주하고서야 다시 깨달았다. 그녀가 반갑게 나의 이름을 불렀다.

"선아?"

나를 부르는 그녀의 목소리가 결정적인 생각을 하게 만들었다. 나는 정말로, 절대로, 그녀를 떠날 수 없다는 것을.

"해야."

나는 그녀를 향해 뛰었다. 큰 보폭으로 그녀가 앉아 있는 배 안에 뛰어 들어갔다. 그리고 서둘러 배를 정박하고 있던 밧줄을 풀었다.

"떠나자, 해야."

배가 앞으로 나아갔다. 부둣가는 기다렸다는 듯이 우리의 배를 떠밀었다. 나는 해야의 어깨를 꽉 잡고 말했다. 그녀가 놀란 표정으로 나를 보았다.

"내게 다시 돌아오지 않아도 돼. 네가 나를 찾아오기 전에 내가 네 옆에 있을 거니까. 내 옆에서 네가 주인공인 삶을 살아. 날마다 여행하게 해줄게. 그러니까 떠나자! 아무도 없는 곳으로."

해야의 눈동자를 보았다. 파도의 조각들이 일렁였다.

⌂ ⌂ ◎ ◆ ✕ 〔 〕 ∥ ∩ ∧ ◇ ∨ ⊠

그녀는 알 수 없는 미소를 짓고는 아이처럼 소리쳤다.

"선아, 항해야!"

그녀는 신이 난 듯 단숨에 닻을 펴고 내게 달려왔다. 그리고 양손으로 내 볼을 잡고 진한 키스를 퍼부었다. 닻은 바람을 싣고 속도를 내었다. 생각보다 파도가 거셌다. 먹구름이 몰려왔다. 해야는 심장에서부터 나오는 경쾌한 소리로 비명을 질렀다. 그리고 배의 끄트머리로 달려 나가 중심을 잡고 섰다. 위풍당당하게 선두에 올라선 그녀는 여전사의 모습이었다. 그녀는 힘차게 노래했다.

난 손발이 다 묶여도 자유하는 법을 알아

그녀의 목소리가 바람과 파도를 모두 가르고 튀어나왔다. 아니, 그것은 바다가 직접 부르는 노래였다. 생명을 홀리는 목소리. 온 바다가 그녀가 전장에 나가기 전부터 승리를 예언하는 노래를 힘차게 불러주는 것 같았다.

소금기 머금은 바다

입술 겉을 적신다
난 손발이 모두 묶여도
자유하는 법을 알아

뱃노래 뱃노래
외로움을 던지는 노래
몇 고개 몇 고개의
파도를 넘어야 하나

웅장한 음악이 끝나자 파도가 더욱 거칠어졌다. 먹구름이 하늘을 가득 채웠다. 빗방울이 하나둘 떨어졌다. 바다가 이날만을 기다려온 듯 신이 난 것 같았다. 갑판에서 느꼈던 두려움이 몸에 스며들었다. 그날 우리 앞에 높이 솟았던 파도가 그녀와 이곳에서 다시 만나기 위해 약속이라도 한 것 같았다. 그러나 해야는 파도 따윈 아랑곳하지 않고 여전히 선두에 눈을 감은 채로 위태위태하게 서 있었다. 목에 핏대를 세우며 온 힘으로 그녀에게 외친 나의 무언가가 가볍게 소음에 묻혔다.

⌂⛢◎♦ϗ{}∥∩∧◇◈∨⌂

"선아!"

그녀가 나에게 말했다. 바다는 해야의 편인 걸까. 나는 그녀의 목소리를 선명하게 들을 수 있었다. 점점 그녀를 향한 나의 추측들이 들어맞았다. 불길한 생각들이 드는 것을 피하기 위해 귀를 막았다. 그래, 어쩌면 난 이미 알고 있었는지도 모른다. 애써 모른 척했을 뿐이다. 그녀의 책에는 결말이 있을 것이고 한 장 한 장 넘기다 보면 가장 마지막 챕터가 나올 것이다. 내가 그녀의 책 가장 마지막까지 등장하는 조연이라면 난 주저 없이 가장 멋진 결말을 그녀에게 선물할 것이라 다짐했었다. 하지만 그것이 오늘 밤이라면 너무 이르다. 아직 내 마음에는 그녀를 담을 수 있는 공간이 한참 남았다. 해야는 그녀의 뒤에 숨어서 때를 기다리는 파도처럼 격하게 요동치는 내 눈을 보고 말했다.

"너는 내가 사라진다고 생각할지도 몰라. 어쩌면 죽는다고 생각할 수도 있어. 근데 그런 게 아니야, 선아."

그녀의 눈동자는 늘 그렇듯이 자신의 선택에 일말의 의심도 없었다.

"너와 즐겁고 행복했어. 하지만 널 만나고 내 꿈이 아주 조금 뒤로 미뤄졌을 뿐이야. 여전히 이 세상은 나와 어울리지 않아. 나는 내가 동경했던 바다를 만나는 거야."

이렇게 그녀의 결정을 존중하는 것은 내 입장에서 너무 허망한 일이었다. 그러나 그녀가 꿈이라고 표현한 것을, 나를 만나기 오래전부터 계획했던 것을 감히 내가 막을 자신이 없었다. 나는 어떤 말도 해줄 수 없었다. 해야는 나의 음악이 되어주었지만 그녀의 세상에는 이미 음악이 없었다. 그녀에겐 바다가 그녀의 세상이었던 것이다.

뭐라도 해야 했다. 그녀를 위해. 아니, 나를 위해. 두 팔을 벌리고 선 그녀의 표정은 겉으론 다 이룬 듯이 평온해 보였지만 만지면 금방이라도 터져버릴 눈물이 담겨 있는 것도 같았다.

"다만 내 이름을 기억해줘."

가슴이 답답했다. 그녀의 설명을 듣고 있을 게 아니라 뭐라도 해야 했다. 눈앞에서 그녀의 죽음을 보고 나면 미쳐버릴 것이다.

"기억하겠다고 대답해줘."

하지만 나는 그녀를 움직일 말을 찾지 못하고 고개를 숙였다.

"기억할게."

해야는 나의 대답을 듣고 환하게 웃으며 말했다.

"난 여기서 작품이 될 거야."

그녀가 자유롭게 두 팔을 벌렸다.

"이건 말한 거고."

그리고 이 말을 마지막으로 자신의 말을 이루어 보였다. 가장 큰 파도가 뒤로 떨어지는 그녀를 받아 삼켰다. 나는 뒤늦게 안간힘으로 그녀를 잡으려다가 미끄러져 함께 떨어지고 말았다. 풍덩. 차가운 파도의 손길이 나의 몸을 탐했다. 나는 파도와 뒤엉키며 몸부림쳤다. 해야를 찾아보기 위해 실눈을 떴지만 완벽한 어둠만이 존재했다. 숨이 턱 막혀왔다. 죽을 수도 있다는 오싹한 기운이 몸을 더 차갑게 만들었다. 초대받지 않은 손님인 공포감이 덜컥 문을 열고 엄습해왔다.

갑판에서와는 달랐다. 죽음의 기운이 심장을 죄었다. 그것을 얕보았던 나에게 바다는 자신의 힘을 힘껏 과시

했다. 두려움. 이별 앞에서도 정녕 나의 죽음은 두려웠다. 마지막 남은 숨을 간신히 붙잡고 바닷속 깊은 곳을 둘러보았다. 여전히 어둠뿐이었다. 해야는 존재하지 않았다. 나는 버둥거리며 수면 위로 올라왔다. 고개를 쳐올리고 최대한 많은 삶의 맛을 들이마시기 위해 입을 크게 벌렸다. 달콤했다. 매일 공급되었기 때문에 인지하지 못했던 달콤함. 난 이것 하나 없이도 살아가지 못하는 약한 생물이었다.

헐떡이며 고개를 들어보니 내 앞에 펼쳐진 건 거짓말처럼 평온한 바다. 해야가 제물이 된 대가로 얻은 잠잠한 바다였다. 나는 배 위로 올라와서 숨을 고르고 현실에 적응하기 위해 엎드렸다. 멀미할 것처럼 속이 울렁거렸다. 그녀가 사라졌다는 사실이 현실로 다가오면서 구토가 나올 것같이 어지러웠다. 나는 배의 앞쪽까지 팔꿈치로 기어가 그녀가 빠진 곳을 바라보았다. 호수처럼 잔잔했다. 새와 구름들이 그 안에서 헤엄치고 있었다. 경쾌한 컨트리풍의 기타 소리가 들렸다. 극도로 절망적인 이 순간과

대비되는 신나는 연주였다. 파도는 잔잔하게 울렁이는 거울이 되어 내 얼굴을 비추었다. 죽다 산 사람의 모습이었다. 그 안에 두려움의 잔해와, 목숨을 부지한 것에 대한 안심과, 사랑하는 사람의 죽음을 방치한 충격과 슬픔이 복잡하게 뒤엉켜 더러운 얼굴을 하고 있었다. 그 뒤엉킴 가운데에 무언가가 둥둥 떠올랐다. 그것을 보자 감정이 북받쳐 올라왔다. 정원의 끝에서 보았던 하얀색 꽃들이었다. 그들이 기타 연주에 맞춰 나를 환영할 때처럼 빙글빙글 돌며 신나게 노래 불렀다.

한바탕 휩쓸고 간 폭풍의 잔해 속에
언제 그랬냐는 듯 잔잔한 파도
비치는 내 얼굴, 울렁이는 내 얼굴
너는 바다가 되고 난 배가 되었네

하얀 꽃들은 배의 주변으로 떠올라 수면 위를 가득 채웠다. 파란 꽃들 틈에서 피었던 해야는 이제야 그녀에게 어울리는 곳으로 돌아간 것이다. 남들이 일생의 꿈을 꾸

듯이 해야는 평생 바다라는 꿈을 간절히 꾸었다. 그러나 인간이기 때문에 죽음을 맞이했다. 그녀가 물고기로 태어났으면 이 바다는 그녀에게 당연한 삶이었다. 같은 의미로, 해야에게는 죽음조차 문제될 게 없었다. 삶과 죽음이 긍정과 부정의 의미로 나뉘는 것 또한 절대적인 기준이 아닌 오직 본능에 의한 것일 뿐. 죽음이 누군가에게는 우리가 생각해왔던 '삶의 끝'이 아니라면 그에게는 슬퍼할 이유가 없다. 해야도 그 누군가에 해당되는 인물이다.

바다에 뿌연 안개가 내려앉고 빗방울이 쏟아졌다. 이것은 해야의 죽음을 슬퍼하는 내 모습을 아무에게도 들키지 않도록 가려주는 것이다. 나는 바다에 떠오른 꽃들을 주먹으로 가볍게 때렸다. 모든 생명과 꽃과 잔상이 빗방울의 파동을 따라 흩어졌다. 이것도 어쩌면, 어쩌면 그녀와 내가 함께 만든 작품. 마지막 작품.

너는 꼭 살아서
지푸라기라도 잡아서

내 이름을 기억해줘

음악을 잘했던

외로움을 좋아했던

바다의 한마디

우리가 노래하듯이

우리가 말하듯이

우리가 예언하듯이 살길

▽

▽

▽

▽

▽

▽

▽

▽

▽

▽

▽   고 래

▽

▽

고
래

　　풍덩 소리를 내며 나는 또 어딘가로 집어삼켜졌다. 완벽한 어둠과 차가운 온도에 또 다시 숨이 막혀온다. 아래에서 거대한 그림자가 뱃고동과 같은 울음소리를 내며 헤엄쳐 올라왔다. 이것이 매일 반복되는 꿈이라는 것을 알고 있지만 이 순간만큼은 항상 두려웠다. 그것은 나를 집어삼키기 위해 입을 벌렸고 나는 처음 이 꿈을 꾸었을 때처럼 더 이상 피하지 않았다. 고래에서 해야를 느낀 순간부터 난 그렇게 했다. 고래의 등과 옆구리에는 많은 상처가 있었다. 그에게 작살을 던지고 그의 바다를 빼앗으려고 했던 수많은 욕심들이 있었다. 고래의 입이 닫히고 어둠보다 더 어두운, 해야의 눈동자와 같은 공간 속에서 나는 꿈을 깼다.

"읍, 파!"

샤워기의 따뜻한 물줄기가 얼굴에서 벗어나 목덜미로 내려갔다. 나는 눈을 뜨고 참고 있던 숨을 들이마시면서 삶을 느꼈다. 그때마다 그날이 떠올랐고 동시에 죄책감이 들었다. 그녀를 살리지 못한 죄책감. 그녀에게 더 많은 사랑을 주지 못한 죄책감. 내가 그녀에게 충분한 사랑과 행복을 줬다면 그녀도 마음을 바꾸지 않았을까. 나는 아직도 이런 생각을 하는 내가 싫었다. 그녀가 떨어지는 순간에 지었던 표정을 봤다면 누구든 슬퍼하지 못했을 것이다. 그녀의 표정만 오려서 사람들에게 보여주었다면 다들 축하해줬을 것이다. 그만큼 벅차고 기뻐하는 얼굴이었으니까. 돌이켜보면 내가 그녀를 잡고 바다로 떨어진 것은 단순히 그녀를 살리겠다는 본능이 아니라 그 순간 그녀의 표정이 자아낸 호기심 때문이었을 수도 있다. 저곳이

어떤 곳이기에 저런 표정을 지을 수 있을까. 내가 사랑하는 그녀의 꿈의 종착지인 그곳에 순간적인 매력을 느낀 것이다.

앞머리 끝으로 물방울들이 후두두 떨어졌다. 상아색 타일을 뿌옇게 뒤덮은 습기 때문에 거울은 물론이고 한 치 앞도 보기 힘들었다. 나는 손을 뻗어 김이 서린 거울을 닦아내었다. 나의 수척한 얼굴이 드러났다. 몇 주 동안 면도를 하지 않아 입 주변이 지저분했다. 광대 주변의 살이 들어가서 매우 예민한 사람처럼 보였다. 최근에 밥을 먹는 일이 거의 없었다. 특별한 이유랄 것 없이 단순히 입맛이 없었다. 나는 샤워기의 물을 껐다. 폭포처럼 샤워실을 때리던 물줄기 소리가 그치니 이렇게 평화로울 수가 없었다. 잠을 잘 때보다 샤워를 할 때 더 자주 그날로 돌아가는 꿈을 꾼다. 거대한 물소리가 서랍의 역할을 했고 그날의 바다를 자꾸만 다시 끄집어냈다.

나는 속옷만 걸친 채로 의자에 앉았다. 꿈속에 등장한 고래를 보고 나서 느낀 것을 매일 한 줄씩 종이에 썼다.

두려워 마

굉음 소리가 아무리 크다고 한들

천둥에 미치지는 못하니까

그녀의 등과 옆구리에 상처가 만들어졌을 순간을 상상했다. 작살이 파도를 뚫고 들어오는 소리. 물고기들의 비명과 잔인한 외침들이 들렸다. 얼마나 무서웠을까. 그러나 사람들은 잊어버리고 산다. 심기가 불편한 바다가 마음만 먹으면 언제든 자신이 타고 있는 배를 뒤집을 수 있다는 것을. 사람이 아무리 강한 무기를 갖고 있어도 자연이 가진 힘에 미치지 못한다는 것을.

심장이 아팠다. 그녀가 떠나고야 깨달은 것이 있었다. 해야는 마치 처음부터 존재하지 않았던 것처럼, 그녀를 떠올리며 손에 쥘 수 있는 흔적이 존재하지 않았다. 그녀는 오직 내 마음 속에서만 생생히 느낄 수 있었다. 내 주위에 그녀에 대해 말할 사람도 없었다. 나는 날마다 해야를 기록하기로 했다. 일기와 같은 형식이 아니라 어떻게 하면 해야라는 존재를 통째로 느낄 수 있을까 고민했다.

그때 떠올랐던 것이 '작은 별'이었다. 그녀도 어디선가 나를 떠올렸을 때 다시 찾아올 수 있는 곳. 그녀와 나의 추억 안에 건물을 만들고 기둥에 우리의 이름을 새겨야겠다고 생각했다. 나는 그렇게 작업을 하는 사람들과 함께 먼지를 뒤집어 쓴 채로 매일 망치를 들었다. 그리고 어설프지만 내가 생각하는 그녀를 그 공간에 녹이기 위해 최선을 다했다. 하루의 일이 끝나면 나는 샤워를 했다. 그리고 꿈을 꾸었다.

고래야 적어도 바다는 네가 가졌으면 좋겠어

고래야 헤엄하던 대로 계속 헤엄했으면 좋겠어

부러워 난, 고래야 네가

아마도 다들 그럴 거야

아마도 다들 그래서

바다를 빼앗으려는지 몰라

오, 거대한 너의 그림자를 동경해

▽

▽

▽

▽

▽

▽

▽

▽

▽

▽

▽

▽   작별 인사

▽

선이 씨를 처음 만난 건 약 1년 전쯤, 우리가 모인 이 장소였다. 그전까지는 도시에서 가구를 만드는 일을 하고 있었다. 꽤 괜찮은 수입이 있었고, 주위 사람들은 남들보다 일찍 자리 잡은 것에 부러움을 표현했다. 어릴 적부터 꾸던 꿈을 이룬 것에 대한 자부심은 있었다. 하지만 하고 싶은 일을 한다고 해서 생각만큼 행복하지 않았다. 일이 힘든 이유를 물어보면 대부분 문제는 사람이라고 말한다. 어떤 게 힘들었다고 딱 잘라 말하기엔 복합적인 문제였으나 나 또한 사람을 상대하면서 마음에 없던 병든 감정들이 생기는 것을 느꼈다. 그리고 얼마 가지 않아 실제로 꽤 심각한 스트레스성 질환을 얻게 되었다. 결국 도시에 신물을 느끼고 사람이 없는 곳을 찾아 떠나야겠다고 다짐했다. 그렇게 이곳저곳 새 둥지를 찾아 방황하던 중 선이 씨를 만났다.

저녁 바다를 따라 걷던 중에 혼자 동떨어진 벽돌 건물 한 채가 눈에 들어왔다. 건물이 예뻐서 조금 더 다가가보기로 했다. 그냥 건물이 아니라 카페나 펍pub인 모양이었다. 멀리 있을 때는 보이지 않던 작은 간판이 건물 옆구리에 새겨져 있었다.

작은 별.

나는 쓰인 것을 작게 읊조렸다. 그리고 무심코 하늘을 쳐다보았다. 정말 별이 하나 떠 있었다. 어디선가 노랫소리가 들려왔다.

건물 안에서 새어나오는 소리였다. 나는 건물에 귀를 대고 조금 더 집중했다. 노래는 몇 소절을 부르고 끊기고 다음 몇 소절을 부르고 다시 끊기는 것을 반복했다. 그러나 더 듣고 싶은 마음이 들게 하기에 충분했다. 나는 건물의 문을 열었다. 간단히 마실 것으로 목이라도 축여야겠다고 생각했다. 문이 열리자 텅 빈 공간이 펼쳐졌다. 흙냄새와 페인트 냄새. 정리가 되지 않은 공구들이 널브러져 있었다. 나무 탁상 하나만 반듯하게 구석을 차지하며 한 남성의 무게를 버티고 있었다. 기타를 들고 탁상 위에 앉은 그는 중요한 무언가를 끄적이고 있는지 종이에서 눈을 떼지도 않고 말했다.

"오늘은 여기까지 해야겠어요. 내일 다시 하죠. 이제 어느 정도 마무리되어 가니까 쉬엄쉬엄……."

그는 끄적이는 것을 마치고 문 앞에 선 나를 보았다. 그러고는 당황한 표정을 지었다. 방금 한 말은 내부 인테리어나 공사를 하는 사람이 들어온지 알고 한 것이라는 생각이 들었다.

"누구시죠?"

"아! 건물이 예뻐서 들어왔어요. 외부는 말끔해서 영업하는 줄 알고……. 아직 공사 중이군요?"

그는 경계하는 표정을 풀며 다시 종이로 시선을 돌렸다. 무심하게 대답했다.

"고마워요. 정리만 하면 몇 주 안에 완성될 예정이에요."

"나중에 다시 올게요."

나는 어색하게 웃으며 뒤로 돌아 문고리를 잡았다. 그는 신경 쓰지 않고 기타를 쳤다. 연주에 맞춰 부르는 노랫소리가 다시 나의 발길을 세웠다. 나는 가만히 서 있다가 노랫소리에 이끌리듯이 그가 앉은 곳으로 걸어갔다. 그는 노래를 부르는 것에 심취했는지 내가 다가가는 것도 모르는 것 같았다. 나는 조금 떨어진 곳에서 그가 종이에 적은 가사를 보았다.

떠날 때 책장에 먼지가 쌓였길래

책 하나 속에 꽂아두었어요

짧은 편지를

　　가사를 곱씹는 동안 남성이 연주를 멈추고 나를 보고 있다는 것을 깨달았다. 나는 뒤늦게 나의 행동이 무례했을 수도 있다고 판단했다.

　　"미안해요. 노래가 좋아서."

　　그는 가볍게 고개를 숙여 고마움을 표했지만 표정에 불편함이 드러났다. 내가 그의 개인적인 시간을 방해한 게 분명했다. 그러나 나는 그에게서 묘한 매력을 느꼈다. 혹은 그의 노래에서 느꼈는지도 모른다. 그와 인연을 맺고 싶었다.

　　"양이라고 해요. 당신은요?"

　　시간이 흐르고 그렇게 나는 남쪽 바다로 이사를 왔다. 선이 씨를 만나지 못했더라도 그 장소와 바다의 아늑함이 마음에 들었다. 물론 '작은 별' 카페가 결심에 결정적인 역할을 했다. 나는 새로운 집 근처에 있는 큰 카페들을 놔두고 굳이 걸어서 조금 시간이 걸리는 '작은 별'로 갔다. 갈 때마다 손님은 나를 포함해 많아야 한두 명밖에 되지 않았다. 나는 그 한적함도 좋았다. 선이 씨의 선곡도

늘 좋았다. 하지만 매일 밤 카페에 가는 이유는 그렇게 단순하지 않았다. '작은 별'에서 그 이상의 특별한 것을 경험하고 나서는 다른 곳은 갈 수 없었다. 한 가지 불편한 점이라고는 카페의 오픈 시간이 불규칙하다는 점이었다. 온전히 선이 씨의 기상 시간에 맞춘 이기적인 체제였다. 그는 새벽에 잠이 들어서 저녁노을이 질 때쯤 기상하는 독특한 사람이었다. 얼굴을 보는 시간이 많아지자 선이 씨도 나에게 마음을 열었고 우린 꽤 괜찮은 친구가 되었다.

선이 씨는 지저분한 헤어스타일과 수염을 고수했다. 밥은 제때 먹지 않고, 먹는 날에도 소식했기 때문에 그의 팔은 앙상해졌다. 게다가 그의 눈에는 꽤 자주 슬픔이 드리워져 있어 언제라도 죽을 것 같은 기색을 하고 있었다. 선이 씨를 돕고 싶은 마음이 들었다. 그와 같은 마음을 가진 사람은 요즘 찾아보기 힘들었다. 그는 내가 싸우지 못한 부분과 혼자서 싸우고 있었다. 난 그를 응원했다. 비록 지금 당장은 그의 상태가 좋아 보이지 않았지만, 그가 순간을 딛고 일어서 원하는 세상을 만들기를 바랐다.

⌂⌘◎♦Ⅹ〔〕∥∩∧○◇∨⊠

어느 순간부터 난 선이 씨를 보러갈 때 간단한 먹거리를 들고 갔다. 그중에 그가 가장 좋아하는 것은 단연 토스트였다. 나의 손은 조각과 톱질에는 타고난 모양이었지만 요리에는 영 재주가 없었다. 토스트는 유일하게 모든 사람이 좋아하는 나의 요리였다. 선이 씨도 나의 토스트를 먹은 날 밝은 표정을 지었다.

"이거 정말 맛있네요!"

그는 평소에는 잘 짓지 않는 밝은 미소로 고마움을 표현했다.

선이 씨는 의자에 앉으며 동시에 기타를 손에 쥐었다. 나는 깜짝 놀랐다. 완공되지 않은 카페에서 그를 처음 만난 날 이후 그가 노래하는 법도 잊어버린 줄 알았기 때문이다. 그는 노래는커녕 흥얼거리지도 않았다.

"그날 양이 씨가 들었던 곡을 이제야 완성했어요."

그는 연주를 시작했다. 기타 선율이 카페를 한 바퀴 유연하게 돌아 물고기처럼 내 마음속에 뛰어들었다. 그가 연주하며 말했다.

"제목은 작별 인사."

나는 두 손을 모으고 벌써부터 감동한 표정을 지었다.

떠날 때 창틀에 화분이 비었길래
뒤뜰의 꽃을 옮겨 담았어요
떠날 때 문턱에 나비가 앉았길래
넘지 못하고 바라보았어요

정든 찻잔도 색이 바랜 벽지도
흔적이 힘들어서 바꾸지 말아요
내 마음에도 같은 것들을 남긴 것처럼

노래를 부르는 내내 그의 눈가에 어느 때보다 큰 슬픔이 드리웠다. 그가 여태 어떤 외로움을 간직한 채 버텨왔을지 짐작이 되었다. 그의 모든 지난날이 이 노래에 표현되었다. 그는 마지막 구절을 한 번 더 되뇌어 불렀다.

같은 것들을 남긴 것처럼

⌂ ♤ ◎ ♦ ✗ ⦃ ⦄ ∥ ∩ ∧ ◇ ◈ ▽ ⧅

난 앉아 있는 그를 와락 껴안았다. 그럴 수밖에 없었다. 외로움과 슬픔으로부터 그를 보호하고 싶었기 때문이다.

"울지 말아요, 선이 씨."

그는 두 손을 들며 말했다.

"난 울지 않아요. 당신이 울고 있죠."

난 눈물을 훔치며 그의 눈을 바라보았다. 노래를 마친 그의 얼굴에는 따뜻한 미소가 번져 있었다. 나는 그의 분위기가 변하였음을 느꼈다. 그가 주위를 둘러보았다. 나도 그의 시선을 따라 고개를 돌리다가 깜짝 놀라고 말았다.

"뭐예요? 어떻게 한 거예요?"

분명 초록색 창가가 있었던 자리에는 금방이라도 낙엽이 우수수 쏟아질 것 같은 색감의 풍경화가 걸려 있었다. 게다가 창틀에는 전에 보지 못했던 제라늄 꽃이 앙증맞은 화분에 담겨 놓여 있었다. 방금 선이 씨가 부른 노래의 가사대로였다. 나비 한 마리가 날아 들어와 그와 나 사이를 유유히 지나가고 방 안에는 그의 얼굴을 똑바로 볼 수 없을 정도의 뿌연 안개가 내려앉았다. 이건 마법이란 단어 외에 다른 말로는 설명이 되지 않았다. 나는 눈이 동그

래져서 이 모든 것을 꿈처럼 받아들이고 있었다. 내 볼을
꼬집었다. 역시나 아팠다.

"이제야 이 노래를 완성할 수 있었어요. 이제야 알았거
든요."

마법처럼 변한 주위를 둘러보면서 선이 씨가 말했다.
그는 내가 알지 못하는 자신의 이야기를 하는 것 같았다.
눈앞이 뿌옜지만 날렵하고 매력적인 그의 얼굴을 느낄
수 있었다. 나는 그에게서 왠지 모를 경이로움을 느꼈다.
그는 노래 한 곡으로 이 모든 공간을 자신의 작품으로 만
든 것이었다. 카페는 곧 선이 씨 자신이었다.

떠날 때 발등에 개미가 올랐길래
걸음 멈추고 나누었어요
작별 인사를

정든 찻잔도 물기 밴 마루도
의미를 알기 전에 바꾸지 말아요
내 마음에도 같은 것들을 남긴 것처럼

$\triangledown$

$\triangledown$

$\triangledown$

$\triangledown$

$\triangledown$

$\triangledown$

$\triangledown$

$\triangledown$

$\triangledown$

$\triangledown$

$\triangledown$

$\triangledown$

$\triangledown$

$\triangledown$ 항해

항
해

우린 눈빛을 주고받았다. 따
뜻한 눈빛 속에서 그들이 나의 이야기를 잘 담아줄 것이
라는 믿음이 느껴졌다. 건반이 조심스럽게 눌리었다. 낮
은 음이 묵직하게 마음을 가라앉혔다. 차분해야 하는데
마음이 요동쳤다. 코에서 나오는 숨이 미세하게 떨렸다.
마이크를 타고 그 소리가 전달됐다. 드러머가 금테 안경
을 살짝 들어올리며 내 얼굴을 살폈다. 목소리가 나오지
않았다. 목에 무언가 날카로운 게 걸린 듯 소리를 내면 피

를 토할 것 같았다. 해야의 향기가 코를 어루만졌다. 그것을 들이마시기 위해 애를 쓰는 순간 향기는 사라졌다. 코끝이 시큰거렸다.

오랫동안 괜찮지 않았다. 아무리 괜찮은 척해도 스스로를 완벽하게 속일 수는 없었다. 그러나 이제는 해야가 나에게 어떤 말을 한 건지, 그녀가 돌아오겠다고 약속했던 것이 무슨 말이었는지 알고 있다. 처음에는 눈치채지 못했지만 점점 더 선명하게 느꼈다. 해야와 함께 있을 때만 펼쳐졌던 환상들이 내가 음악과 함께 있을 때 동일하게 이뤄진다는 것을. 그녀는 여전히 나의 음악이었다. 나는 잠시 눈을 감고 조용히 적막을 음미했다. 감정에 먹혀버리면 그녀를 느낄 수 없다. 목구멍을 열자 부서질 것처럼 약한 목소리가 새어 나왔다.

일부러 몇 발자국 물러나
내가 없이 혼자 걷는 널 바라본다

너를 처음 만났던 갑판이 펼쳐졌다. 모든 게 꿈인 줄 알

왔던 그날 밤, 조급하게 너를 찾아 돌아다녔던 객실. 설명이 되지 않는 현실로 내 앞에 나타나 악수를 청하던 너의 작은 손.

옆자리 허전한 너의 풍경
흑백 거리 가운데 넌 뒤돌아본다

뷔페를 거닐던 너의 뒷모습. 토마토를 한 입에 넣으면서 과장된 행동으로 씹던 너의 얼굴. 예술에 대해 당당하게 말할 수 있던 너의 흔들림 없는 생각. 호텔 방 안에 숲을 만들던 너의 노래. 얼룩말을 타고 싶다고 우기던 너의 고집. 내 앞에 원피스를 입고 나온 순간.

그때 알게 되었어
난 널 떠날 수 없단 걸
우리 사이의 어떠한 힘든 일도
이별보단 버틸 수 있는 것들이었죠

갈대밭에 그림을 그리던 우리의 뜀박질. 너를 껴안고 넘어졌을 때 뿜어져 나오던 입김. 너를 업고 질주하던 횡단보도. 흑백 세상에서 색깔이 입혀지기 시작했던 너의 눈동자. 세상 모든 것을 빠뜨려 담을 수 있을 만큼 깊은 너의 눈동자. 나보다 바다를 사랑했던 너. 그렇게 두 팔 벌리고 바다로 돌아가던 마지막 순간.

어떻게 이별까지 사랑하겠어
널 사랑하는 거지

강렬하고 찌르는 듯한 냄새가 진동을 했다. 나는 살며시 눈을 떴다. 카페의 구석구석에 마르지 않은 페인트가 누군가 통째로 뿌린 것처럼 묻어 있었다. 빨간색, 파란색, 노란색이 벽과 창문, 테이블에 무작위로 칠해져 있었다. 해야를 알기 전에 난 그것들의 역한 냄새에 혐오를 느꼈을 것이다. 그러나 지금의 나는 이 광경에 묘한 익숙함을 느꼈다. 어디서 본 적이 있는 색깔들이었다. 나는 그것들에서 느껴지는 것과 비슷한 기운이 뭐였는지 알아채자마자 감정이 벅차올랐다. 여러 색으로 펼쳐진 이들에게 이름을 붙인다면 난 마땅한 것을 떠올릴 수 있었다. '정원'.

문 앞에서 작은 종소리가 울렸다.

띠링.

한바탕 휩쓸고 간 폭풍의 잔해 속에
언제 그랬냐는 듯 잔잔한 파도

비치는 내 얼굴 울렁이는 내 얼굴
너는 바다가 되고 난 배가 되었네

고독함이 머무는 파란 도화지 속에
죽음이 어색할 만큼 찬란한 빛깔들
날아가는 생명들 헤엄치는 생명들
너는 물감이 되고 난 붓이 되었네

"너는 꼭 살아서, 지푸라기라도 잡아서,
내 이름을 기억해줘"
음악을 잘했던 외로움을 좋아했던
바다의 한마디

"우리가 노래하듯이,
우리가 말하듯이,
우리가 헤엄치듯이 살길
LIVE LIKE THE WAY WE SING"

한바탕 휩쓸고 간 폭풍의 잔해 속에

덩그러니 남겨진 마지막 작품

독백의 순간을 버티고야 비로소

너는 예술이 되고 또 전설이 되었네

"너는 꼭 살아서, 죽기 살기로 살아서,

내가 있었음을 음악해줘"

그는 동경했던 기어코 물을 만나서

물고기처럼 떠나야 했네

"우리가 노래하듯이,

우리가 말하듯이,

우리가 예언하듯이 살길

LIVE LIKE THE WAY WE SING"

"우리가 노래하듯이,

우리가 말하듯이,

우리가 예언하듯이 살길

LIVE LIKE THE WAY WE SING"

물 만난 물고기

초판 1쇄 발행 2019년 9월 26일
초판 17쇄 발행 2024년 11월 1일

지은이 이찬혁
펴낸이 김선식

부사장 김은영
콘텐츠사업본부장 임보윤
콘텐츠사업3팀장 이승환 **콘텐츠사업3팀** 김한솔, 권예진, 이한나
마케팅본부장 권장규 **마케팅2팀** 이고은, 배한진, 양지환 **채널팀** 권오권, 지석배
미디어홍보본부장 정명찬 **브랜드관리팀** 오수미, 김은지, 이소영, 박장미, 박주현, 서가을
뉴미디어팀 김민정, 이지은, 홍수경, 변승주
지식교양팀 이수인, 염아라, 석찬미, 김혜원
편집관리팀 조세현, 김호주, 백설희 **저작권팀** 이슬, 윤제희
재무관리팀 하미선, 임혜정, 이슬기, 김주영, 오지수
인사총무팀 강미숙, 김혜진, 황종원
제작관리팀 이소현, 김소영, 김진경, 최완규, 이지우, 박예찬
물류관리팀 김형기, 김선민, 주정훈, 김선진, 한유현, 전태연, 양문현, 이민운
외부스태프 디자인 즐거운생활 표지그림 우주

펴낸곳 다산북스 **출판등록** 2005년 12월 23일 제313-2005-00277호
주소 경기도 파주시 회동길 490
전화 02-704-1724 **팩스** 02-703-2219 **이메일** dasanbooks@dasanbooks.com
홈페이지 www.dasan.group **블로그** blog.naver.com/dasan_books
종이 한솔피앤에스 **인쇄** 민언프린텍 **코팅 및 후가공** 평창피앤지 **제본** 대원바인더리

© 이찬혁 2019

ISBN 979-11-306-2590-4 (03810)